El secreto del inglés

(El príncipe que no quiso ser rey)

**Juan Carlos
GEREMÍAS VIERA**

ISBN: 978-0-244-55184-1

Capítulo I

Han transcurrido treinta años, lo suficiente como para que Tomás no pueda asegurar si aquellas escenas realmente ocurrieron, o si los recuerdos se fueron adecuando a lo que hubiera querido que sucediera. Tampoco puede decir si es lo que le ocurrió a su amigo Alberto, o fue su propia experiencia.

Mientras las imágenes de sus recuerdos se esfuman, y sólo va quedando la memoria de lo escrito, que borra lo que pudiera haber de realidad de las representaciones que han acudido a su mente; Tomás contempla el jardín que embellece el frente de su casa. La respiración de la muerte en sus oídos agudiza sus sentidos ante el misterio de la vida. Las mismas plantas y el mismo árbol, con su atuendo de primavera, le hacen guiños cómplices, como pidiendo que se quede.

Un niño de unos doce años, que tiene unos brillantes ojos negros – "los ojos del abuelo" dice la señora del almacén — vestido con la camiseta de un equipo de fútbol entra al jardín y luego abre la puerta de la casa. Trae una caja de DVD y una pelota.

Antes de que el niño trasponga el umbral Tomás vuelve a sentarse ante la máquina de escribir. Los rayos de luz que descubren las motas de polvo de la habitación lo revelan como un hombre de piel oscura, cabellos lacios y blancos, labios gruesos, ojos hundidos y vivaces. La enorme pieza está destinada a comedor, cuarto de estar y estudio. En una esquina hay una biblioteca repleta de libros y ante ella un escritorio. Sobre la pared opuesta a la biblioteca hay una mesa con cuatro sillas. En el centro de la sala hay un sofá grande y dos sillones que enfrentan a un televisor. Excepto la zona del escritorio, que está en penumbras, el resto de la habitación se ve bien iluminada por la luz que entra por un ancho ventanal. El niño avanza mientras el abuelo ha descartado la máquina y está escribiendo en un cuaderno.

— Abuelo, ¿puedo prender la tele? – pregunta Antonio, sin saludar.

Tomás, en el primer gesto que le nace espontáneamente, le sonríe, pero luego frunce el ceño contrariado.

— No, ¿no ves que estoy escribiendo? ¿Es que ya no se usa saludar? – reprocha.

Antonio se acerca y le da un beso, mientras aprovecha para espiar el cuaderno que Tomás trata de esconder.

— ¿Qué escribes, abuelo?

— Nada, bobadas de viejo choto, historias que a vos te aburrirían.

— ¿Son tus "memorias del calabozo"? — como el anciano no responde el niño continúa — Hay un libro que se llama así: lo escribió alguien que estuvo preso como vos. ¿Por qué no escribes un libro sobre lo que te pasó en la cárcel, abuelo? Te llenarías de plata vendiendo un libro así. Yo me lo compraría...

Tomás sacude la cabeza mostrando con un gesto que el diálogo no le resulta placentero. Después de una breve pausa, cierra el cuaderno para que su nieto, que se le ha acercado por atrás e intenta mirar lo que escribe, no pueda leerlo. No obstante, no puede evitar que pueda distinguir en la tapa del cuaderno: "La victoria del rey de Inglaterra sobre el Imperio Británico".

— No puedo morirme hasta que no termine de escribir este asunto,— murmura para sí — pero un par de horas de cine no me lo van a impedir.

Luego eleva la voz, dirigiéndose al niño, mirándole a los ojos para que vea la sinceridad de su sonrisa.

— A ver, ¿qué película trajiste? Si me prometes que después te vas a jugar y me dejas seguir escribiendo, nos sentamos a verla juntos. – Extiende la mano para que el niño le entregue la película.

— ¿Qué elegiste esta vez? Las últimas que vimos eran buenas. ¿Las entendiste?

— Traje esta que creo que te va a gustar… Es una que fueron a ver los personajes de Match Point, ¿te acuerdas? La que vimos el otro día. Mi amigo José Luis me dijo que la canción de esta película ganó un Oscar y la hizo un uruguayo… Creo que trata de una de esas motos, de una Harley—Davidson, ¿no?

— No, no, no... — Tomás se ríe — No es la historia de una moto... Habla de un amigo que tenía una moto, pero la marca de la moto es Norton, no Harley... Es un viaje de juventud que hizo el Che, recorriendo el continente en motocicleta con un amigo. – como si el niño debiera saberlo aclaró, con gesto de "disculpa por la obviedad" – El Che, el más famoso de los revolucionarios...

— Ustedes también eran revolucionarios, ¿no, abuelo? Por eso los mandaron presos, ¿no es cierto? Manuel dice que eran unos ladrones y unos asesinos, pero eso no es cierto... ¿verdad?

— Nosotros queríamos ser revolucionarios, queríamos cambiar el mundo, queríamos acabar con las injusticias... Es como lo que aspiraba el Che, que dejó el cargo de Ministro para irse a pelear a las selvas de Bolivia...

El abuelo se detiene y se levanta de la mesa en la que está escribiendo. Guarda el cuaderno entre unos libros que están ordenados en una biblioteca a sus espaldas y busca entre ellos hasta que encuentra el que quiere mostrarle a su nieto. Se vuelve y se enfrenta al niño con una expresión pícara.

— Te voy a mostrar algo si me prometes que no se lo vas a contar a nadie. ¿Estas de acuerdo?

— ¿De qué se trata, abuelo? — Antes de que el abuelo pudiera contestar y, viendo que en su rostro se iba formando un gesto de disgusto, el joven se apresuró a responder — Sí, cuéntame, no se lo voy a decir a nadie.

El abuelo acercó su rostro al del niño y habló en voz muy baja.

— Ten en cuenta que si tratas de contar lo que voy a decirte y a mostrarte – hizo una pausa para buscar la mirada de su nieto — no va a creerte nadie. La historia oficial dice otra cosa...

El abuelo buscó en el libro, un texto de tapas rojas sin escrituras visibles en ellas, y de entre sus hojas extrajo una pequeña y antigua fotografía en blanco y negro en la que se veían tres hombres jóvenes. El abuelo señaló a uno de ellos y preguntó:

— ¿Sabes quién es? — el niño responde negando con la cabeza y el abuelo agrega

— Ese soy yo, y este, ¿a qué no adivinas quién es?

Sin esperar respuesta del nieto, el abuelo explica:

— Este hombre que ves conmigo es el Che Guevara, antes de irse para Bolivia. Con un compañero lo disfrazamos y le falsificamos el pasaporte que usó para viajar, ¿qué te parece?

Mientras el nieto contemplaba la fotografía, Tomás abre el libro y le muestra una foto que extrajo de éste y en la cual aparece el mismo hombre que lo acompaña en la foto. Es una foto idéntica, y el libro es la biografía del Che escrita por Hugo Gambini.

— ¿Quién era el Che Guevara, abuelo? ¿Por qué hicieron una película sobre él? ¿Qué hizo para que fuera tan famoso? No era jugador de fútbol, ni de básquet, ni actor, ni cantante... y hay pósteres con su cara, camisetas con su figura...

— ¿Qué te parece si miramos la película? ¿Mejor? Tal vez te pueda dar una idea de quién era el Che. ¿Vos sabías que yo no la he podido ver todavía? Me han contado el argumento, pero no la he visto, ¿vamos a mirarla?

El niño no contesta, pero se dirige hacia donde estaba el televisor y el reproductor de DVD. Extrae el disco y lo coloca. Toma los controles y se acerca hacia el sofá grande que está frente a la pantalla y donde se ha ubicado el abuelo. Se sienta y enciende el televisor. El jovencito mira al anciano como para comprobar si éste está atento, le sonríe y luego se apoltrona mirando hacia la pantalla. El abuelo le acaricia el cabello y luego se acomoda para contemplar la película.

Sus rostros quedan como paralizados, hipnotizados por lo que se muestra en la pantalla, con la atención concentrada en lo que ocurre en ese otro universo. Cuando los personajes tienen un accidente, simultáneamente Tomás hace un gesto de dolor. Trata de hablar pero no emite palabra pues se ahoga con su propia saliva.

— ¿Qué te pasa, abuelo?

— No te preocupes, no es nada. Déjalo en pausa y ve a buscarme un vaso de agua.

El niño acciona el control remoto y sale. Tomás busca en sus bolsillos y extrae un frasco. Toma una pastilla del mismo y se la echa a la boca. En ese momento regresa el muchacho con el vaso de agua. Tomás lo toma y bebe el líquido de un solo trago. El gesto de dolor no se borra de su rostro. Cierra los ojos y se recuesta en el asiento. Su respiración es agitada.

— ¿Quieres que apague la tele? ¿Quieres que llame a mamá?

— Espera un momento, no seas impaciente, ya se me va a pasar. — con los ojos cerrados — Deja a tu madre en paz, ¿quieres que venga a romper los huevos? Déjala tranquila, en un momento se me va a pasar y seguimos mirando la película.

— ¿Qué es lo que te pasa, abuelo? ¿Qué te duele?

— Son los años... Me duele el tictac del reloj que hace resonancia en todos mis huesos... No... — ríe, sacude la cabeza y las manos como si los pensamientos lo persiguieran como insectos.

— No me hagas caso, el dolor me hace decir bobadas. Tengo... los achaques que tienen todos los viejos...

— Pero no eres tan viejo... El papá del carnicero, Don Dávila, tiene más de ochenta años. ¿Te hicieron daño en la cárcel? ¿Tienes consecuencias de las torturas?

El rostro de Tomás padece una momentánea transformación. De una sonrisa irónica pasa a una expresión seria de alarma y luego a una sonrisa forzada. Se produce una breve pausa en el diálogo.

— El viejo chocho soy yo. No es momento para que tú comiences a decir bobadas. Vamos a seguir mirando esta película.

Antonio se sonríe y se sienta junto a su abuelo. En pocos instantes ambos se concentran en contemplar la pantalla.

Capítulo II

Tomás lee lo que ha escrito y una mueca de disgusto moldea su expresión.

"Estoy en posesión del arma y apunto hacia el mayor, quien conduce la camioneta como si yo no existiera, atento sólo a las dificultades que le plantea el tránsito

A pesar de la calma superficial, advierto una contracción mínima en los músculos de su mandíbula y una tensión casi imperceptible en las venas del cuello. Pienso que es como un gato al acecho, como si en cualquier momento fuera a atacarme. Sus ojos reflejan el color del cielo diáfano como espejos metálicos.

La primavera combate la angustia de los hombres con una atmósfera desvaída, como si no tuviera ganas de desatar las fuerzas que el invierno ha anudado. Sobre los edificios de Buenos Aires la luz del sol está como estancada.

El militar parece demasiado joven para ostentar un cargo tan alto, aunque no estoy seguro de que sea realmente mayor.

Recién me doy cuenta de este detalle, pero no hago comentarios al respecto. Comienzo a hablarle de la situación que vivimos porque sé que mis palabras van a ser más eficientes que el arma.

— ¿Por qué hemos sido detenidos y tratados de esa manera tan indigna, mayor?

— No estoy autorizado a discutir las decisiones de mis superiores. Y menos con *subversivos*…

— Usted parece un hombre bueno, mayor. Usted es un hombre capaz de jugarse la vida por la patria. ¿Le parece que sus superiores están actuando para proteger al país? ¿Se da cuenta de que los han puesto al servicio de una potencia extranjera? – Alberto traga saliva y se siente molesto de que la boca se le seque en esos instantes cruciales.

— ¿Ha entendido que la supuesta nación enemiga que nos controla a los supuestos subversivos, es una colaboradora de esa potencia imperialista, mayor? Yanquis y rusos se ríen de nosotros mientras ustedes nos torturan y matan para que ellos justifiquen sus negocios de venta de armas. ¿Está usted ciego, mayor?

— ¿Usted piensa eso, señor? ¿Le parece que soy uno de tantos seres robotizados que sólo hacen lo que le mandan?

— Si pensara eso no estaría gastando saliva con usted. Lléveme a la embajada venezolana, mayor. No sé si tendré que matarlo, pero sepa que me resultaría doloroso tener que destruir la vida de un hombre bueno.

— Tal vez me ocurra lo mismo, señor, y tendré el mismo pesar

La camioneta sigue hasta que se detiene ante la puerta de la embajada. Los dos hombres permanecen mirándose en silencio. La brisa que se mete por la ventanilla se lleva rápidamente el olor a nafta y aceite quemado e inunda el vehículo con una fragancia que no puede identificar, tal vez de tilos y madreselvas. En algún lugar hay un pajarillo que deja oír sus trinos, buscando algún congénere que alivie sus urgencias.

— Mire hacia la calle, mayor. En dirección opuesta a donde yo estoy

— ¿No quiere ver mis ojos cuando sus balan acaben con mi vida, señor?

— Tal vez...

Sin dejar de apuntarle con la metralleta, manipulo sobre la pistola, como si quisiera desarmarla. Luego la dejo en el suelo de la cabina.

— Antes de disparar, ¿podría contarme el final de la historia del príncipe bastardo? – El tono que emplea el mayor tiene resabios de la manera de pedir de los niños que quieren que los adultos le cuenten una historia.

— Lo haré si usted deja de referirse despectivamente a este hombre. La decisión que tomó hace un siglo me ha permitido sobrellevar pruebas muy duras, mayor. Usted debería rendirle el mismo homenaje, hoy cuando la muerte de uno de nosotros está sentada entre los dos, con su túnica negra y su sonrisa descarnada...

— Cuente y no sea melodramático: la vida es menos expresiva que el cine y el teatro. Morirse es un acontecimiento menor, que no conmueve el orden de las cosas.

Sin proseguir con aquella posible discusión filosófica le narré al mayor todo lo que sabía de Michael Hynes. Sentí que, cuando terminé, el duro oficial estaba impresionado. Le pedí que volviera a darme la espalda y, esta vez, permaneció en silencio, esperando el estampido que no llegaría a oír nunca.

— No voy a matarlo, mayor, puede volverse. No voy a matarlo ni a robarle su dignidad. Dejé la pistola en el suelo de la camioneta. Ahora tendré que bajarme y caminaré hacia la embajada. Con mis muletas no voy a poder apuntar y disparar con la metralleta. Además, voy a tener que darle la espalda. Será su decisión volverse uno de ellos, mayor, o seguir siendo un hombre libre y digno.

— Hasta siempre, señor – para mí el saludo del mayor es el título de una canción sobre el Che Guevara.

Con mucho trabajo para poder usar las muletas, me bajo y comienzo a caminar, lenta y dificultosamente, hacia la embajada. Desde los árboles llega el bullicio galante de los pájaros, indiferentes a lo que hacen los hombres. La emoción que me conmueve permite que comprenda por qué en las cárceles destinadas a los presos políticos están prohibidos, ni siquiera pueden dibujarlos. El mayor toma la pistola y le apunta cuidadosamente. Una leve contracción de los músculos de su dedo es la diferencia entre la vida y la muerte.

Tal vez Alberto o Tomás, o como se llame, estará muerto en unos instantes. El mayor se siente omnipotente, pero asimismo muy débil y miserable porque tal vez él también está del otro lado.

Capítulo III

Recién cuando posa su mirada en uno de los muchos diplomas expuestos en la pared, Tomás toma conciencia de que la cercanía de la muerte no es una vaga hipótesis sino una certeza incuestionable. El dibujo gótico de las letras con las que están escritas las palabras "especialización en cirugía oncológica" no disminuye el impacto de su significado.

La adrenalina invade sus arterias y sabe que sólo hay una actitud para no dejarse sorprender por su amenaza de invasión irracional: pensar, desmenuzar intelectualmente cada emoción. Epicuro, el filósofo griego sentenció que no debemos temer a la muerte porque cuando estamos ella no está y cuando ella está, nosotros no. Tomás, contradiciéndolo quiere convivir un tiempo con su propia muerte y vencer el temor.

Se dice que si acepta dicha artimaña lógica sólo demuestra que no ha comprendido bien qué es la muerte. No se trata de una dama que venga de visita, sino un augurio persistente cuya presencia muerde el alma; inevitable futuro que es cuando no está, y está cuando no es, porque su esencia es ser sólo pura amenaza.

Porque discrepa de la argucia inventada por el griego no se ha querido engañar para evitar la angustia. Su plan consiste en estar presente ante su ausencia, palpar cómo se las arregla el mundo sin él. No se trata de seguir para sobrevivir y eludir el posible dolor, sino precisamente vivirlo y padecerlo hasta el fin.

La violencia de los síntomas le confirma sus sospechas sobre el origen del mal que lo golpea. El suicidio hubiera sido una salida aceptable para otros, pero cobarde para él. Tomás quiere, contradiciendo al pensador antiguo, convivir un tiempo con su propia muerte, pero desligarse del cuerpo no es sencillo. Su espíritu tiende a ocuparse de él y sus necesidades, en vez de asumir su misión como conciencia despierta.

Una vez ha imaginado que lo temido ha sucedido, todo lo que acontece después de la pretendida muerte es como un regalo inmerecido. Esta actitud le permite disminuir el efecto de las emociones, volverlas más leves, subordinarlas a su voluntad.

Es una estrategia ensayada en épocas de la prisión y la tortura. La decisión de ser otro que habita fuera del cuerpo dañado: mirar desde afuera el viejo montón de huesos que a veces es rechazado, y otras, simplemente contemplado con lástima y con distancia.

Ha resuelto sentirse como un espíritu desencarnado que camina a dos pasos de su cuerpo y percibe un velo entre su personaje y el mundo. Tal vez por eso divisa a veces la figura de Michael Hynes, otro fantasma.

El malogrado rey inglés, de quien nunca viera un retrato, se le presenta claramente con su mirada celeste y una sonrisa cálida. Es una sombra familiar, un muerto conspicuo que ha ingresado en su vida imperceptiblemente, como un gato callejero, domesticado parcialmente, que viene de vez en cuando a que le rasquen la oreja y le den un poco de atención.

Tomás sonríe con un gesto cercano a la perplejidad mientras su mirada se pasea sobre los diplomas que cubren casi toda la pared. Hay de las mejores universidades de Europa y de las especializaciones oncológicas más impensadas. Se pregunta sobre la extraña influencia de la dictadura en el mejoramiento de la capacitación profesional de su médico. Mientras la política desarrollada por el gobierno militar deterioraba la calidad de la educación universitaria, Pablo, por su condición de perseguido político, había tenido la oportunidad de perfeccionarse en el extranjero, lo que tal vez nunca hubiera hecho en circunstancias normales. Tomás lo piensa con una ironía imprecisa, como si los certificados que Pablo obtuviera en el exilio constituyeran los documentos de un prontuario que probaran su peligrosidad como "elemento subversivo", el mezquino eufemismo que usaban en los comunicados de "las fuerzas conjuntas".

Mientras piensa advierte que su mente comienza a ser invadida por una niebla repentina que opaca sus percepciones. Ese malestar se está convirtiendo en una rutina. Lo que debiera ser claro y distinto se enturbia. Esta distorsión perceptiva reafirma su obsesivo delirio sobre el más allá. Aunque su sangre circule y sus electroencefalogramas muestren ondas, es indiscutible que está muerto y que por eso el mundo se le presenta velado. Es la cortina que separa la realidad del lugar de los muertos. Esta bruma le permite considerarse alguien que ya no está y a quien se le ha dado la oportunidad de ver el mundo desde el otro lado.

No está plenamente convencido de que logrará lo que se ha propuesto, pero ha comenzado a olfatear a su alrededor: sabe que muchos enfermos comienzan a despedir el hedor a descomposición mucho antes de que se produzca el deceso.

Entra un hombre de unos sesenta años vestido con una túnica blanca, llevando una carpeta y un sobre, de los que se usan para guardar radiografías. La visión de Tomás se aclara lentamente. El médico se sienta ante su escritorio, se ajusta los lentes y sonríe.

— ¿Y bien? – La voz de Tomás no suena impaciente. Por el contrario, transmite calma e induce una sensación de paz —¿Qué tienes que decirme?

— Pues – el médico hace un gesto con las manos, volviéndolas hacia arriba como para mostrar que no oculta nada en ellas — Es lo que temíamos, Tomás. No sé que puedo decirte... Es necesario que te operes, pero debo advertirte que estamos ante una situación difícil...

— No te esfuerces...

Tomás sonríe para fortalecer la credibilidad de sus palabras.

— Pensemos en la peor hipótesis, no en las buenas… ¿Cuánto tiempo puedo tener?... ¿De cuántos días, meses o años puedo disponer?

— ¿Si todo sale mal? Pues, dispondrías de unos seis meses con vida casi normal, y luego un tiempo más, indefinido, con la ayuda de diversos tratamientos que te obligarían a estar hospitalizado…

Tomás entrecierra los ojos y luego mira hacia la distancia, como haciendo un cálculo complicado.

— ¿Tienes algún tiempo para acompañarme a tomar un café, Pablo?

Se pone de pie y busca una sonrisa que no resulte forzada.

— Me gustaría charlar algunas cosas contigo, como amigo, no como doctor. Como en aquellos tiempos de sueños compartidos…

— ¡Claro! Si no puedo disponer de unos minutos para los amigos, ¿para qué querría vivir? – ríe para restarle trascendencia a sus palabras.

Se levanta y se quita la bata. Toma una campera de cuero y una gorra del perchero y le hace un gesto a Tomás para que salga, abriéndole la puerta que estaba detrás de su escritorio.

Hace un gesto hacia su vestimenta, una leve flexión de rodillas y un conato de saludo tomando la gorra y pregunta:

— ¿No te recuerda al antiguo guerrillero? – No aguarda respuesta y explica — Tenemos que salir por acá. Habrá algunos pacientes en la sala de espera. No te preocupes, llamaré a la muchacha de la oficina para que les comunique que demoraré un poco... le mentiré que debí trasladarte a tu domicilio... por un mareo... ¿De acuerdo?

Tomás asiente con la cabeza y sale sin responder. Pablo lo sigue.

Pablo se estremece al salir a la calle y sentirse apabullado por todos los estímulos que la vida le ofrece de golpe. Recién entonces capta el significado de su diálogo y toma conciencia de que su amigo está condenado.

Caminan hacia el bar de la esquina. Repiten una escena que ocurría muy a menudo en otra época. Se sientan como si fueran a discutir sobre las posibilidades de que hubiera un golpe de estado, y cómo prepararse para enfrentarlo. Sin embargo, el mismo ya se produjo, la dictadura ya hizo su obra, ya pasó la prisión y el exilio.

En una mesa del bar Pablo y Tomás charlan ante dos tazas de café, pero ya no hacen bromas sobre el gobierno de Pacheco Areco, ni visten gamulanes. La radio del bar no emite la voz de Zitarrosa, ni de los Beatles, pero de algún lugar llega una canción que suena como un injusto reproche para ellos: "quisiste cambiar el mundo y no cambiaste nada". Pablo bebe un trago de café.

— No sé si me explico bien. – Tomás continúa con un discurso al cual Pablo no ha prestado totalmente su atención, sumido en el pasado — ¿Tú me entiendes, verdad? No se trata de prolongar mi vida más allá de lo "natural", pero quiero llegar al final de la investigación. Tengo la certeza de que será importante, no sólo para mí, sino para todo el mundo...

— ¿Por qué no comenzaste antes con ese asunto? Esperaste como veinte años...

— Eso parece un mal chiste. ¿Te parece fácil saber qué es lo que tienes que buscar? ¿Te piensas que todos los otros compañeros están fuera de mi búsqueda porque no les interesa? – Tomás se da cuenta de que ha comenzado a ofuscarse y, con un esfuerzo, logra calmarse. — En mi caso se han dado determinados acontecimientos casuales que me han llevado a pensar algunas relaciones entre hechos inconexos... En fin, me ha costado muchos años encontrar el camino, ahora tengo que recorrerlo...

— No me doy cuenta... No veo lo que tú crees que ves... ¿Me puedes explicar qué carajo es lo que quieres saber? No sé cómo puedes creer que el hijo de un rey inglés que murió el siglo pasado tenga que ver con que hayas salvado tu vida...

— No, no es que "tenga que ver"... Es un hecho que él me salvó la vida a través del tiempo como si hubiera adivinado que yo llegaría a existir... y espero poder demostrarlo. Hasta es probable que su muerte haya sido causada por lo mismo...

— Me parece que cada vez entiendo menos — sacude la cabeza, incrédulo —

No me hago a la idea de que ahora creas en fenómenos paranormales y otras supercherías… Antes eras un excelente teórico marxista. Como materialista dialéctico eras ateo y un convencido de que, cuando se hablaba de telepatía, brujas, espiritismo o reencarnación, había que investigar cómo era el negocio.

— Y sigo siéndolo. En los aspectos básicos sigo creyendo lo mismo que antes. Sólo estoy procurando ampliar un poco el "marco teórico"… — con los dedos marca las comillas — Sólo quiero una idea que me permita explicar esos "temitas" que a todos nos inquietan y que preferimos barrer bajo la alfombra del escepticismo porque eso nos permite dormir tranquilos.

Tomás se peina los escasos cabellos con los dedos y luego los aplasta colocando ambas manos sobre las sienes.

— No me tienes que juzgar por las respuestas hipotéticas que formulo, sino por la pertinencia de las preguntas. No hay nada sobrenatural que quiera demostrar, ni me he vuelto supersticioso, pero quiero algunas respuestas difíciles. Estoy tan cerca de llegar a ellas que siento que mi enfermedad no es una casualidad, es como si una fuerza ciega tratara de evitar que esas cosas puedan ser conocidas o una gran conspiración.

Sonríe y hace un gesto como si esperara alguna respuesta de Pablo.

— ¿Nunca te ha pasado algo que no has podido explicar con tu poderosa y aséptica ciencia?

— Estás exagerando. No soy un creyente en mi "todopoderosa" – marca con un gesto las comillas, imitando a Tomás — ciencia. Mi práctica me ha enseñado que no todo funciona como debiera esperarse según nuestras mejores teorías, pero sólo pido que trates de hacerme entender. Puedo aceptar todo aquello que comprendo.

— Está bien. La próxima vez que nos veamos te traeré mis apuntes. De paso, te pido que trates de buscar mis cuadernos si me llega a pasar algo anticipadamente...

Pablo se levanta de la silla, mira la cuenta y deja algo de dinero sobre la mesa. Tomás se queda sentado y lo mira con un gesto interrogativo. Pablo se encoge de hombros y muestra sus dos manos vacías en una actitud que se debería interpretar como un: "¿Y qué quieres que te diga?"

— No quiero que digas, ni que pienses tonterías. No has pasado por todo lo que has pasado para que ahora te pongas a mariconear. Tengo que volver para atender a mis pacientes, pero quiero que nos veamos el lunes. ¿Te parece bien?

Tomás asiente con la cabeza.

Capítulo IV

El viento primaveral agita violentamente la bandera que ostenta la fachada del edificio del ministerio de defensa nacional. Está amaneciendo y el frío impulsa al hombre de sobretodo gris a arrebujarse y protegerse el cuello. Cuando ingresa al inmueble comprende que en el interior no hay viento pero se siente más el frío.

Al trasponer el umbral no puede dejar de leer el letrero que anuncia: "Ministerio de Defensa Nacional – CFR

(Casos Foráneos y Relacionamiento)"

El hombre del sobretodo camina por un pasillo hacia una puerta con otro letrero que anuncia: "CFR –– Reactivación de expedientes."

Abre la puerta e ingresa al ambiente cálido de la oficina, en la que hay dos escritorios equipados con computadoras y sus accesorios.

Uno de ellos, el más cercano a la puerta, está ocupado por un hombre joven que viste un uniforme blanco. Al entrar el hombre de gris saluda sin demostrar afecto. Cuando se quita el sobretodo y lo cuelga en un perchero se advierte que está vestido con un uniforme azul.

— Buen día. ¿Cómo estás? ¿Alguna novedad, Alex?

— Todo bien. Creo que tenemos algo nuevo. Pero no sé si será importante. Nos llegó un código 1806—1976 desde el Archivo General de la Nación… ¿Te suena, Rodrigo?

Los ojos de Rodrigo se abren con asombro unos instantes, pero luego se esfuerza por disimular cualquier emoción.

— ¿Un código dieciocho cero seis?

Mira con el ceño fruncido a Alex y hace una pausa. Se coloca la mano derecha en el mentón.

— Creo que eso es algo interesante. Después te explico. ¿Tienes el parte por ahí?

— Está sobre tu escritorio. Lo firma una tal Alexandra Soporovna. ¿Qué me dices? ¿Te sobornaste a una rusa? Deberás tener cuidado con el vodka.

Alex ríe, y luego sigue leyendo los papeles que sostiene en la mano.

— No voy a negarte que lo leí, pero no hay ningún sello que me indicara lo contrario. Si me metí en algún tema privado, discúlpame. Te aconsejaría que no mezcles tus asuntos con los temas de la oficina, jefe...

— No te preocupes. Gracias por el consejo, de todos modos...

Se sienta en su escritorio y toma una hoja que se halla sobre el mismo. Lee y se pasa la mano por el pelo y se rasca levemente la cabeza.

— Esto es más que interesante, Alex. Creo que, por fin, vamos a ganarnos el sueldo trabajando, muchacho. ¿Qué te parece si te invito a resolver un asunto que ha tenido a maltraer, por más de un siglo, al DI del Foreign Office?

— ¿El MI6?

— Su predecesor. Algunos sostienen que todavía actúa. Es el más antiguo y eficiente de los servicios de espionaje... Seguramente te va a interesar. Tal vez ahora nosotros dos – hace un gesto con la mano para recalcar que involucra a ambos, pero Alex adivina que sólo es una formalidad — podamos resolver el crimen del príncipe Miguel. Eso sería dar un batacazo. Pero más explosivo sería averiguar el caso de "la probeta con alcohol". En este asunto están metidos los yanquis. Sería bueno que nos ganáramos unas libras y unos dólares como ingresos extra.

Enciende la computadora y comienza a teclear. Alex lo contempla sin responder.

— ¿Sabes por qué se llama "el caso del alcohol en la probeta"?

Alex asiente primero y después niega con la cabeza. Su actitud es cauta y hace gestos que muestran que le sigue la corriente a su jefe aunque piense que éste se haya vuelto loco.

— Eso lo sacaron de una novela que se llama "Un mundo feliz" de Aldous Huxley. Se trata de una época en la que la humanidad halló la forma de ser feliz programando genéticamente a los individuos para la misión que tendrán en la vida y engendrándolos en probetas. Está basado en la idea de *La república* de Platón. Un día cae una gota de alcohol en una probeta y, zácate, allí tenemos a un disidente subversivo. En este caso se trata de un capitán de aquella época que rompió el condicionamiento que le habían creado en la escuela de Panamá. Lo acusaron de haber dejado escapar voluntariamente a algunos sediciosos. Lo atraparon enseguida, claro, y no se supo nada más de él. Pero a los yanquis les quedó el mal gusto en la boca porque alguien se liberó a sus métodos de control de la conducta...

Deben interrumpir su diálogo porque ha entrado alguien a la oficina. Es un hombre rubio, de unos cuarenta años, de ojos claros, curiosamente mal vestido. En silencio les muestra las mercancías que lleva y cuando ellos niegan con la cabeza se retira sin hablar. Continúan en su diálogo y Álex se muestra sorprendido por la última afirmación de Rodrigo.

— Estás afirmando que nuestros oficiales fueron objeto de un experimento yanqui...

— Eso es un hecho indiscutible que consta en varios documentos cifrados... Fueron cifrados cuando no existían las computadoras... ni la Internet No me llevó más de diez minutos poderlos leer... Espero que no digas nada porque es un delito...

— Por mí...

— Tengo otro caso que está buenísimo. Es el dossier con todos los colaboradores que militaban en el partido comunista... En el año setenta y seis hubo una filtración de documentos y las fuerzas conjuntas se ocuparon de apresar y desaparecer a todos los que accedieron a un documento muy comprometedor. Pude resolver parte del asunto. Parece que había una red que integraba a agentes de ambos lados de la supuesta "Guerra Fría". Los tipos tenían que mantener la sensación de que podía haber una guerra nuclear en cualquier momento para justificar los elevados presupuestos militares. Era todo un invento fantástico, incluso la carrera espacial, puro verso.

— ¿Qué te tomaste hoy? ¿Un whisky con suero de la verdad? Pareces una radio descompuesta.

— Es que el fax se relaciona con uno de los casos que me ha obsesionado siempre: es la historia del príncipe inglés, que está vinculado – de algún modo que no he podido descifrar – con el asunto de los escritos perdidos por el Che Guevara.

— Me querés tomar el pelo. Dejate de joder y callate un rato. Me vas a enloquecer.

— Para que me calle, ven aquí y analízalo por ti mismo. Esto es una joya del espionaje universal...

Alex se levanta y se acerca hacia la pantalla de la computadora de Rodrigo. Se detiene a mirar atentamente. Se puede leer con grandes letras rojas "Dossier: el gran poema es el mayor verso". Rodrigo mueve la tecla para cambiar de página y aparece un texto extenso que comienza a leer con suma atención.

Capítulo V

Los rostros concentrados en lo que muestra la pantalla se van distendiendo. Se miran y se sonríen. El abuelo sacude un poco la cabeza, luego la inclina a un lado y al otro para aliviar la contractura de los músculos del cuello. El joven Antonio se levanta y extrae el disco del aparato. Se queda unos instantes contemplando la imagen del mismo, pensativo.

— ¿Es verdad que estuviste con el Che, abuelo? En la película lo muestran como un héroe y vos lo conociste y participaste en una aventura con él, ¿eres como los personajes de las películas, abuelo? – mientras el niño habla el abuelo lo contempla con una sonrisa enorme que involucra toda su cara.

— Mamá no quiere que te hable de estas cosas, ni que te pregunte sobre la cárcel, pero ¿a vos te molestaría contarme esas historias? No sé nada de la dictadura, ni de los tupamaros... ¿No me quieres contar?

El niño habla atropelladamente, y el abuelo vacila. Hace un gesto con la mano para que su nieto se calle. Luego hace un gesto con las dos manos, indicando que tenga paciencia; después de un suspiro, se decide a hablar.

— ¿Te acuerdas de la película de Woody Allen? Creo que quiere mostrar que, a veces, en la vida, todos necesitamos de un golpe de suerte para sobrevivir, algo fortuito que nos permita seguir adelante, ganar una lotería para que en un instante se decida sobre la vida o la muerte.

Tomás impide que el niño lo interrumpa con un gesto.

— Como cuando somos espermatozoides, de cinco millones se salva uno solo: ¿no es una lotería de mierda? o ¿será que el óvulo elige lo que quiere?

Hace una mueca como de fastidio y mueve la mano como si espantara una mosca.

— No me hagas caso. Es un síntoma de senilidad avanzada

— ¿Te pasó a vos? ¿Estabas con el Che cuando tuviste un golpe de suerte?

— Lamentablemente, no. Me hubiera gustado haberme dado cuenta de que lo estaba ayudando a ir a la muerte y haberle advertido.

Se queda unos momentos pensativo.

— Tal vez hoy no sería lo que es el Che, si no se hubiera muerto. Es como si la muerte hubiera sido una victoria para él, como decía mi amigo Alberto...

Tomás vuelve a sonreír mientras siente que la niebla opaca sus percepciones. Sonríe al cerrar los ojos, porque los recuerdos son más claros que lo contemplado.

— Para él había veces en que era un triunfo que te mataran. Decía que si eras tan importante como para que alguien se ocupara de matarte, era porque una idea trascendente se había encarnado en vos y esas ideas triunfarían. Te sobrevivirían y seguirían vivas en otros, aunque te mataran… Es como lo que me dijo el Che al despedirse, cuando me entregó aquellos papeles para que se los cuidara: "Si triunfo, tendré que probar que tengo razón, pero el éxito me ayudará en la tarea. Si muero… si muero habré probado que tengo razón…"

— No te entiendo, abuelo. No sé qué quieres decir, ni de quién estás hablando.

— Yo estoy por descubrir una de esas ideas, si logro el objetivo… — hace una pausa y busca la mirada del niño — ¿Te gustaría ayudarme en mi investigación?

Antonio asiente con la cabeza, aunque en su rostro se mantiene una expresión de incomprensión.

— Será como jugar a los detectives, aunque no tendremos que atrapar criminales.

Hace una pausa y mira con los ojos hacia arriba y hacia la derecha.

— Tengo que contártelo desde el principio. Esto te va a gustar porque es una historia de héroes como los de las películas. Voy a contarte de Alberto, el hombre que me salvó la vida y que quiso y pudo hacerlo porque conocía la historia del príncipe inglés. El príncipe que no quiso ser el rey de Inglaterra y de ese modo venció al Imperio Británico...

Primero tienes que leerme estas bobadas que escribí y que, aunque no lo parezcan, tienen la clave de lo que tenemos que descubrir. Es un sueño que tuve, con dos hombres que están muertos.

— El título es "siempre está oscuro cuando el sol se pone", y termina así:

— Me parece que es hora de que dejemos, Bioy. Ya está oscuro. Está muy oscuro."

Tomás hace una pausa mientras busca en sus recuerdos un momento para comenzar su relato. No sabe si Antonio ha comprendido el cuento, pero su voz se ha conmovido. Se ha generado una atmósfera muy especial. Tal vez sea el momento adecuado para contar el caso del príncipe inglés del siglo XIX que cambió la vida de un obrero anarquista de fines del siglo XX.

— Alberto era un obrero común y corriente cuando lo sorprendió el golpe de estado del setenta y tres. No tenía ninguna militancia política en ningún partido, ni grupo guerrillero. Creo que era de ideas anarquistas. Hoy es uno de los tantos desaparecidos por los que nadie llora porque no tenía familiares que lo sobrevivieran. He averiguado todo lo podía saberse sobre su vida interrogando a sus amigos y compañeros que lo recuerdan.

— ¿Cómo lo conociste, abuelo?

— Lo conocí en el peor momento de mi vida…

Los ojos de Tomás parecen hundirse un poco más en las profundas ojeras mientras se sumerge en un mundo de recuerdos. El desgaste intolerante del devenir ha socavado hasta tal punto su memoria que no sabe distinguir entre las escenas que Alberto le relatara con tanta claridad, de las que imaginara para anotar en su cuaderno de memorias.

Capítulo VI

Mientras camina hacia el lugar de la asamblea, Alberto permanece en silencio. El año setenta y tres es un año de mucho silencio porque los oídos se niegan a percibir los aullidos de los torturados. A pesar de la prohibición de reuniones y del toque de queda, muchos han confluido en esa calle. Se han ido juntando hasta parecer un grupo de manifestantes que marcha resuelto a un enfrentamiento con las fuerzas de choque. Unos pocos hablan en voz baja como en un velorio. A veces se escucha una radio y la marchita militar que anuncia los comunicados de las fuerzas conjuntas golpistas. Se detienen ante un galpón grande donde se reúne el sindicato al que pertenece. No se ven vehículos militares en las calles como en días anteriores, pero el cielo está gris y duro como una plancha de acero.

Cuando entra, Alberto se encuentra con una aglomeración de cientos de obreros que escucha en silencio casi absoluto un orador que está subido a un par de cajones de fruta que hacen la vez de tarima.

— Hay que reflexionar, compañeros – proclama el orador — hay que pensar mucho en lo que se está haciendo y en lo que se va a hacer… Los milicos han tomado el poder, pero sabemos que los políticos no estaban haciendo las cosas bien. Hay que tener mucho cuidado. El movimiento obrero no debería tomar partido porque estamos ante un problema que afecta a los poderes del estado, y a una intervención excepcional que han hecho las fuerzas armadas para combatir a la corrupción y a la subversión. Creo que no queda otra. Hay que levantar la huelga, compañeros. Hay que quedarse un tiempo al margen y evaluar que es lo que hacen, compañeros… Nada más, compañeros

En la reunión se escuchan cuchicheos y algunas exclamaciones de indignación.

Cuando el tono de los murmullos va creciendo y se va convirtiendo en abucheos, uno de los que dirigen la asamblea golpea la mesa y grita:

— Silencio, compañeros. Respetemos todas las opiniones. Sigue en la lista de oradores el compañero Alberto Clavijo... ¿Alberto Clavijo? ¿Clavijo? Adelante, compañero.

Alberto Clavijo es un hombre de unos treinta años, de complexión delgada, que usa barba y tiene cabello largo a la usanza de los sesenta. Se adelanta y se sube a la improvisada tribuna. Desde allí hace una pausa mirando a toda la concurrencia, que lo contempla a la vez con avidez y expectativa.

— Compañeros... Quiero hablar, como siempre he hablado, y como todos ustedes saben, sin ningún cálculo político partidario... porque no estoy con ningún partido. Estamos ante un momento crucial de la historia. No hay que engañarse. No hay que creer que somos superiores, y que ya tenemos la victoria asegurada. Tenemos que asumir la realidad. El enemigo es más poderoso de lo que parece. Estamos ante un plan que el imperialismo está desarrollando para instaurar su dominio en todo nuestro continente. Desde que se dio el golpe de Estado en Brasil estamos esperando que lo repitieran acá. Los intereses económicos de los países hegemónicos, y principalmente de los Estados Unidos, requieren de gobiernos títeres que olviden los intereses populares y se sometan a sus designios. No hay ninguna coincidencia entre estos intereses y los del movimiento obrero. Pero todavía no está dicha la última palabra. Todavía no estamos derrotados. Esta huelga general que se ha decretado espontáneamente, siguiendo una resolución histórica de la CNT, no estaba prevista por los golpistas. Si nos mantenemos firmes y unidos, y comenzamos a practicar el siguiente paso, es decir, si comenzamos a ejercer el control obrero de la producción y de la distribución, el ejército no se atreverá a reprimirnos. Los soldados rasos son nuestros vecinos, son nuestros hermanos, nuestros primos, nuestros parientes, compañeros de pesca, de fútbol y de boliche, no van a tirar contra nosotros si no los dominan por el terror. Si nos mantenemos firmes, ellos verán de dónde está la verdadera razón y la auténtica fuerza… Tenemos que resistir, pero además tenemos que organizarnos para comenzar una ofensiva que pueda llevarnos a dar un paso adelante hacia la victoria. No voy a dar detalles en esta asamblea, pero propongo que se forme un Comité de Lucha que comience a planificar la profundización de la huelga y la radicalización de nuestra lucha. Nada más, compañeros.

Alberto se bajó del estrado mientras todos permanecían en silencio. Mientras él se aleja comienzan los aplausos, luego la ovación y finalmente un griterío acompañado con agitarse de puños y de banderas.

Antonio está tratando de asimilar el relato cuando Tomás continúa.

Tenemos que imaginar una asamblea similar que ocurre en otro momento. Uno de los dirigentes, el mismo que le diera la palabra a Alberto, está contando las manos levantadas:

— ...ciento treinta y cinco, ciento treinta y seis, treinta y siete, y ocho, y nueve: ciento treinta y nueve votos por la propuesta de la mesa, de levantamiento de la huelga sin que se dé por terminado el estado de conflicto contra ciento veintitrés votos por la propuesta de Clavijo y el Comité de Huelga. Se levanta la huelga, compañeros. — se escucha un rumor desde la muchedumbre y el dirigente se persigna)... Que Dios nos proteja, compañeros.

Se advierte una actitud de confusión entre los participantes de la asamblea. Alberto se frota los ojos enrojecidos, y luego queda con la cabeza entre las manos. Luego de unos instantes de desmoralización, levanta la mirada, observa a su alrededor y ve a otros compañeros que lloran. Se acerca a ellos y los abraza con clara intención de transmitirles energía.

Esa noche tampoco puede volver a su casa. Se guarece en un refugio que queda cerca de su lugar de trabajo. Tiene que levantarse temprano con la intención de colaborar para que el levantamiento de la ocupación se produzca sin violencias.

Despierta varias veces en el transcurso de la noche. Hay una frase que lo atormenta y no puede recordar al autor: "las hordas humanas padecen de todas nuestras locuras personales, pero carecen de nuestras virtudes".

Al otro día llega a la calle de la fábrica mucho antes de la hora prevista. El invierno es tan joven como la dictadura y parece tan rabioso como ella. Hay un silencio que duele en los oídos y un aroma muy fuerte que raspa las mucosas nasales y deja un sabor metálico en la lengua. Tal vez es el olor del miedo humano.

Unos hombres muy abrigados que exhalan vapor por sus bocas se colocan en fila, se saludan con gestos sombríos, y van atravesando un gran portón.

Alberto se acerca y se ubica en la fila. Un obrero que estaba a punto de ingresar abandona la formación y se le acerca.

— No puedes entrar, Alberto. La fábrica está llena de milicos. Se han llevado a Juancho, al Colorao y a Britos. Parece que tenían un informante. Creo que va a ser mejor que te rajes. Acá lo único que podés esperar es que te digan que te echaron y que no te van a pagar el despido… Si yo estuviera equivocado, te doy parte de enfermo y después te llamo a tu casa…

El rostro de Alberto, ya pálido, se vuelve gris.

— Pero… ¿qué estás diciendo? ¿Por qué se los llevan? ¿Qué han dicho como excusa para llevarlos?

— Ninguna. No dijeron nada. Le pegaron a Luis por preguntar y le gritaron que no se metiera en lo que no le importaba porque se lo iban a llevar a él también. El Chancho me avisó y he estado haciendo cola desde temprano, y cuando llego cerca de la puerta me vuelvo al final. Si no hay nadie me voy a la esquina a fumarme un tabaco. Dijo el Chancho que el oficial a cargo hizo esconder el camión en que vinieron porque quiere hacer una demostración de fuerza en la propia fábrica, antes de llevarlos al cuartel, por eso quiere agarrarlos adentro.

Alberto hace un gesto de asombro.

— ¿Por qué no han rodeado la manzana como han hecho otras veces?

Todo parece tan tranquilo. No tienen miedo de que escapemos.

El obrero, que tiene el rostro envejecido, aunque tal vez ese proceso le hubiera ocurrido esa noche, toma a Alberto por los hombros y le habla mirándolo a los ojos, como si cada palabra que fuera a pronunciar tuviera una importancia crucial. Su voz tiene la gravedad del cansancio.

— Creo que están muy seguros de lo que hacen. Seguro que tienen la dirección de todos los que quieren atrapar, y por eso no se preocupan de que escapemos de acá. ¿Vos no viste un movimiento raro en tu barrio cuando saliste?

— No, aparte de la vieja que barre la vereda aunque haya bruta helada, no se veía un alma en las calles... Hace un frío de cagarse.

— Andate, Alberto. Es peligroso que alguno se le ocurra salir y nos vea. Andate ahora y escondete. No vayas a tu casa. Haceme caso, hermano. Nos vemos en cuanto podamos, un abrazo.

Se abrazan y luego el obrero lo empuja a Alberto que se aleja apresuradamente y se pierde en una esquina próxima.

Camina sin volverse. Sabe adónde puede ir tan temprano. Se mueve velozmente, pegado a las paredes o deslizándose desde un tronco a otro. Los plátanos yerguen sus ramas como manos crispadas, pero los siente como una presencia amigable.

Entra a un bar junto con los primeros rayos del sol. Ingresa sin disimular su nerviosismo. El hombre que atiende la barra lo saluda con familiaridad y afecto. Siempre pronuncia frases del lunfardo con indisimulable acento español, pero todo ha perdido la comicidad y Alberto no advierte que al hombre le cruzan recuerdos de la guerra civil por la mirada y debe traducirse las palabras que le brotan en dialecto para poder ser comprendido.

— Buenos días, Clavijo. ¿No vamos a trabajar hoy tampoco?

— ¿Me prestás el teléfono, gallego? Buen día, perdóname, pero estoy apurado.

— Agarralo. Es un peso la llamada. ¿Te sirvo algo?

— Serví una *grappa* con limón. ¿Dónde lo tenés, gallego?

— Está donde ha estado siempre, coño. Allá en la punta del mostrador, ¿no lo ves?

Alberto no responde y se dirige rápidamente hacia el teléfono mientras el mozo sirve la copa. Alberto disca y después habla.

— ¿Con la escuela treinta y ocho? Páseme con la maestra Lucía Umpierrez, por favor. Mire que es por algo urgente. Le agradezco, ¿eh?

Mientras aguarda en el teléfono Alberto cree advertir un brillo diferente en los ojos del bolichero, pero está demasiado absorbido por sus propias preocupaciones para detenerse a averiguar si el mismo ha sido provocado por las lágrimas. La breve pausa le resulta demasiado cargada de especulaciones, y le alegra escucharse respondiendo al hola que surge desde el tubo negro.

— Soy yo, Negra. Alberto. Tenés que buscar una excusa y salir de ahí lo antes que puedas. Nos encontramos donde habíamos dicho. No hagas preguntas, esto es lo malo que podía pasar y que habíamos hablado. Cumplamos cada uno con lo que nos toca. Nos vemos, amor. Un beso. Te quiero mucho, ¿sabés? Chau.

Capítulo VII

Se encontraron en una plaza y han partido de inmediato a la casa de una hermana de Lucía porque suponen que no puede estar marcada como sospechosa. La hermana los recibe sin hacer preguntas y los hace pasar al dormitorio donde han debido refugiarse otras veces.

Alberto va colocando ropas en una mochila. Pone los utensilios de afeitar y después los retira. Lucía lo contempla mientras come un refuerzo de mortadela sentada en una silla que está entre la cama matrimonial y la pared. Tiene sus cabellos renegridos un tanto despeinados, pero sus ojos verdes destellan con fiereza felina.

Él mira unos portarretratos pero luego los deja sobre la cómoda de donde los sacó. Toma un par de libros pequeños de una biblioteca que había en un rincón y los guarda en un bolsillo de la mochila. Después agarra unos cuadernos y papeles y los mete en una bolsa de residuos. Arroja todo el contenido de dicha bolsa en una salamandra que estaba apagada y le prende fuego con un fósforo. Lucía lo observa, siempre comiendo sin pronunciar palabra.

— ¿Qué te dijo tu cuñado? ¿Pudiste saber algo?

Alberto no puede hablar con todo el volumen de su voz. Sonríe al pensar que, si hubiera un velorio que lo obligara a mantener aquella formalidad, seguramente él sería el muerto.

Lucía traga un bocado antes de responder.

— Dice que ya estuvieron en casa, así que piensa que es muy probable que vengan a buscarnos acá. Él cree que tenemos un par de días antes de que puedan averiguar el parentesco y ubicar esta casa.

— No podemos confiarnos. Tenemos que irnos cuanto antes. ¿Vos que tenés que esperar? ¿Por qué no querés que salgamos enseguida?

— Es que yo estoy esperando la respuesta de un amigo que nos puede ayudar a escapar. Si tratamos de irnos por la nuestra, sin ningún apoyo, nos van a agarrar. Esta gente tiene una red que es internacional y cubren todas las salidas previsibles del país. También tienen vínculos con los aparatos de Argentina. Tenemos que tener mucho cuidado.

— Para ser una inocente maestrita, tenés mucha información vos. ¿Cómo estás tan avisada de todo? Mirá que me buscan a mí, ¿sabés?

— ¡Qué ironía!

Alberto siente que le media sonrisa que trataba de formarse se convierte en una mueca bajo el ceño fruncido.

— ¿Qué querés decir?

Lucía busca los ojos de Alberto con los suyos porque él se ha detenido en sus actividades y se ha quedado expectante de la respuesta que ella va a darle. Ella sonríe y se encoge de hombros como para quitarle trascendencia a lo que va a revelar.

— Es algo que hubiera querido decirte antes, Alberto, pero que ahora no vale la pena ocultarte. Nunca te lo dije, no porque no te tuviera confianza, sino por razones de seguridad, sobre todo por tu propia seguridad... Yo militaba en la Orga, Alberto... Perdóname, pero si ellos saben algo de mí van a pensar que vos también...

Alberto, sin decir nada, se le acerca y la abraza. Le acaricia los cabellos en un gesto cargado de dulzura.

— ¡No te preocupes! ¡No importa! Esas cosas importan poco ahora. Hoy estamos todos en la misma. Discúlpame si me emocioné un poco, es que me acordé de la letra de una canción de Viglietti, aquella que siempre hubiera querido cantarte si hubiera sabido entonar...

Se abrazan y se besan. Lucía quiere decir algo pero él no la deja hablar, buscándole la boca con sus labios. En este momento se sienten pasos y los dos se separan y quedan mirando para la puerta. De pronto irrumpe la hermana de Lucía.

— !Déjense de chupones y manoseos, tortolitos, que la cosa esta fulera! Avisó el Pepe que los milicos estaban interrogando a su jefe. Así que van a tener que mandarse a mudar antes de que un jeep los venga a buscar acá. También estuvo un gurí que dejó este papelito debajo de la puerta, y se fue rajando, sin decir una palabra. Tomá, debe ser para vos, Alberto.

Alberto toma el papel. Lo lee en silencio y se lo alcanza a Lucía. Esta lo lee en voz alta.

— Me gusta la poesía de César Vallejo, pero si no hay ningún libro de él, me conformo con Miguel Hernández...

— ¿Qué es eso?

— Ahora te explico. No te lo puedo decir delante de ella porque la condena. Vámonos. Salgamos por el fondo, y de ahí por los gallineros de la casa de la vecina hasta lo del carnicero. No hay que facilitarles nada, por las dudas. ¡Vamos!

Alberto y Lucía salen por una puerta distinta de la que usó la hermana para entrar. Esta última se dedica a ordenar el dormitorio y a meter papeles y objetos que le parecen comprometedores en la salamandra. Se enciende una fogata bastante grande. Cuando la misma ha quedado reducida a escasas cenizas, un oficial y tres soldados irrumpen en la habitación. La hermana de Lucía queda unos momentos paralizada, pero luego hace el amague de querer salir huyendo de la habitación. El oficial grita. Las pupilas de la muchacha se contraen y su mirada envía un destello verde que se adivina tan peligroso como el de su hermana.

— ¿Adónde cree que va, señora? Estamos buscando a dos peligrosos sediciosos que usted cobijaba en su casa. Esto le puede costar muy caro. Es mejor que no nos ocasione problemas. ¿A dónde se fueron?

El oficial toma del brazo a la joven y la sacude. Con la otra mano hace un ademán a los soldados:

— ¡A ver, ustedes! ¡Revisen todo! Ya saben qué cosas tienen que buscar. Yo voy a interrogar a esta señora en un lugar más cómodo.

Arrastra a la hermana de Lucía, quien pugna por soltarse. Dos soldados comienzan a destrozar el colchón con las bayonetas, mientras el otro se ocupa de vaciar los cajones de su contenido.

— ¡Suélteme, suélteme! No rompan nada, ¡eh! No hicimos nada. No rompan nada. Por favor, suélteme. Por favor…

El oficial la saca a empujones mientras que los soldados prosiguen con su destructiva búsqueda con una actitud salvaje al mismo tiempo que en su rostro indiferente no se evidencian emociones…

Capítulo VIII

Por el camino de acceso a una casa rural un viejo camión Nash cargado de cueros vacunos secos se aproxima al casco de una estancia. Es un edificio muy antiguo, típico de la primera mitad del siglo XIX. Al borde del camino hay una huerta, un corral con un par de terneros, gallinas y gansos sueltos. El camión avanza hasta detenerse muy cerca del porche. De la misma sale un hombre canoso, grueso y rengo, de unos sesenta años, que se acerca al camión en tanto el conductor desciende.

— Buenas... ¿Qué lo trae por aquí, compadre Julián?

— Buenas tardes, don Anselmo. Traigo un paquete de parte del amigo Gutiérrez. Usté sabe, uno de esos viajes de arena gruesa...

En la caja del camión comienzan a moverse los cueros secos hasta que aparece una pareja: Alberto y Lucía saltan del camión y se aproximan a los dos hombres que se estaban dando la mano.

Alberto se acerca un poco más, tendiendo la mano para saludar.

— Buenas tardes. Es un verdadero placer, caballeros. Ustedes no saben cuánto les agradezco todas estas molestias que se están tomando por nosotros. Soy Alberto, aunque los amigos me dicen Peludo, y ella es mi compañera, Lucía...

Se saludan con el hombre de la casa. El camionero rechaza un dinero que Alberto quiere darle.

— No, déjese de joder, hombre... Si los milicos se enteran me lo van a pagar con unos añitos de vacaciones gratis en "El hotel" – se ríe — Además, ya Dios me dio un adelanto... El doctor Valdivia, que ustedes conocen, me sacó un cáncer machazo, estoy viviendo regalao... Qué le vamos a hacer, hermano... Hoy por ti, mañana por nosotros...

— Gracias. Tiene que cuidarse mucho. Olvídese de nuestros nombres, pero si le preguntan, dígalos. Ellos no van a lograr mucho sabiendo por donde nos fuimos. De todos modos no se olvide de que pueden querer vengarse si saben que nos ha ayudado.

— No se preocupe, doña. Si me agarran, por lo que menos me van a querer castigar, es por lo de ustedes... Tengo muchas...

— Es bueno que a usted le gusten los poemas de Miguel Hernández... — interviene Alberto riéndose, olvidado por un instante de su tragedia — Pero no es el mejor momento para poner el pecho ancho como las paredes...

Todos ríen aunque no serían capaces de explicar por qué. Aunque no todos saben de la poesía de Miguel Hernández, han escuchado la canción del dúo *"Los Olimareños"* y se han estremecido ante el mandato de que "no desfallezcan tus huesos, castiga a quien te malhiere".

— Bueno, bienvenidos a la antigua estancia del rey Hines... — quiebra la situación incómoda don Anselmo — Pasen todos que tengo algún beberaje especial para calentar el triperío y para quitarle las arrugas al estómago... Unas cañitas con butiá... No te van a impedir manejar, ¡animate, Julián! Adelante, señores. Hagan de cuenta que llegaron a territorio seguro, aquí van a estar protegidos por el espíritu del rey de Inglaterra.

Todos entran en silencio. Alberto y Lucía pasean su mirada admirativamente por el edificio, como si estuvieran ingresando a un museo.

La primera en entrar es Lucía, a quien todos le ceden el paso caballerosamente, luego Alberto, Julián y finalmente don

Anselmo. Se sientan en torno a una mesa donde éste les indica mientras él va a buscar una botella y vasos. Alberto se levanta y lo ayuda con un par de vasos. Se sientan todos y el campesino sirve, mientras Julián arma un tabaco. Lucía saca un cigarrillo y lo enciende, ofreciendo la cajilla a Alberto, quien la rechaza con un gesto.

Don Anselmo exclama, alzando el vaso:

— Salú... O "santé", como dicen los franceses. Porque los milicos se envenenen con su propia bilis y este gobierno no dure mucho...

Todos responden con un ¡Salú...! El clima es muy característico de quienes tienen hábito de beber en grupo; incluso Lucía parece sumamente adaptada a las circunstancias.

— ¡Que el espíritu de "Carlitos el Rojo" se acuerde de nosotros, y nos mande el fantasma que recorría Europa, porque acá estamos invadidos por otros malditos espectros!...

— Que el Desarrollo Dialéctico te oiga, hermano. Amén y aleluya. Pero no hables así delante de los muchachos que se alegraron con los comunicados cuatro y siete… Ellos te van a citar a Carlitos para mostrarte que si nos matan, es mejor, porque el pueblo va a ir tomando conciencia y en la próxima huelga, que será de ángeles, vamos a impulsarla para hacer una verdadera revolución…

— Pará, Alberto. No es momento para discutir de política con la gente que nos está ayudando

— Déjelo, señora. – Intercede Don Anselmo — Es bueno saber lo que piensan los compañeros. No crea que la dictadura nos va a borrar las discrepancias. Debemos unirnos, pero no tenemos que dejar de pensar. Además, aunque antes no hubiera estado de acuerdo, creo que tu marido tiene razón… Nos hemos ido a la mierda por creer en la cábala y los reyes magos, por no ser consecuentes con las propias teorías…

El anciano sonríe amargamente y sigue hablando con la mirada perdida en las manchas del techo y la actitud de quien va a pronunciar un largo discurso.

— Dices muchas verdades, Alberto. Pero ten cuidado con apresurarte. Hay momentos en los cuales la muerte es como una bendición, por lo que significa haber conservado la vida. Más vale perro vivo que león muerto, dice la Biblia. Si me matan es porque no han podido derrotarme, y las ideas que defiendo seguirán viviendo y ganándoles, como algunos cuentan que solía decir Michael Hines. Ellos ganan si logran volverme un enemigo de mis propias ideas, cuando las culpo de lo mal que estoy pasando.

Alberto lo interrumpe.

— Perdón, ¿Michael es el señor que no se anima a presentarse y no espía desde el pasillo? – esta última parte de la frase la pronuncia alzando la voz para que lo oigan desde el pasillo que comunica el comedor de la estancia con las habitaciones interiores.

Don Anselmo y Julián cruzan una mirada interrogativa.

— Perdón, amigo, en esta casa no vive nadie más que yo. Pero si usted lo ha visto, el único que anda por aquí es el fantasma de Michael.

Alberto queda un instante paralizado. No sabe si sonreír porque le están gastando una broma o si sorprenderse por la credulidad de aquellos hombres. Finalmente, opta por dejar que ellos se definan y por eso se atreve a inquirir.

— No quiero ser indiscreto. No estamos en circunstancias apropiadas para andar solicitando que se nos revelen viejos secretos. Pero… usted ha mencionado algunas cosas que me gustaría que me explicara… Me ha picado el bichito de la curiosidad.

— Creo que sé a qué te refieres, muchacho. Pero no pensarás que andaría alardeando con un secreto… Es una historia que todo el mundo conoce, pero que no tiene la repercusión que debiera, debería ser famosa en todo el mundo y no sólo aquí, en Colonia del Sacramento.

— Cuente, pues, cuente. Si quería intrigarme, ya lo ha logrado. Si quería cambiar de tema de conversación, también.

— Creo que todos quedamos con la misma curiosidad. ¿Qué puede haber pasado en nuestro pequeño país que no estemos enterados todos los uruguayos?

— No te hagas rogar, entonces. – interviene Julián, después de vaciar su vaso de un trago — Creo que ya he escuchado el relato como cien veces, pero no me canso de oírlo.

— Está bien. – Don Anselmo asume un papel grave, de alguien que va a comunicar algo muy importante — No me voy a hacer rogar, porque no puedo negarles que me deleita poder relatar esta historia. Parece una leyenda o un cuento fantástico, pero es tan real que involucra a mis antepasados. Aunque no puedo demostrarlo con papeles, es muy probable que yo sea descendiente de Michael Hines, o Highness, como se pronuncia de Alteza en inglés.

... un inglés que vivió y murió aquí en Colonia, un inglés muy especial que fue, contrabandista de armas, administrador de la estancia "El Quintón" del Almirante Brown y dueño de otro establecimiento en Puntas del Perdido.

El campesino deja algunas pausas en su relato para tomarse unos largos tragos de caña.

— Todo comenzó en una fiesta en un salón aristocrático… tal vez en un lugar llamado Carlton House. Una actriz francesa muy joven, casi adolescente, ha sido invitada al cumpleaños del príncipe de Gales. No fue un error, se supone que, por su deslumbrante belleza, una tal lady Bribadway quería usarla para recuperar la atención del príncipe heredero, del cual había sido una de las tantas amantes. La joven actriz, por su lado, asistió porque estaba enamorada de uno de los invitados: un joven pintor que manifestaba mucho talento y comenzaba a cobrar celebridad. Se observa un grupo de personas con ropas lujosas propias de la Inglaterra de fines del siglo XVIII que participan en una fiesta suntuosa: bailan, degustan manjares, beben licores. El príncipe, que se distingue por vestir un traje blanco, baila con una hermosa joven que tiene un vestido menos deslumbrante que las otras mujeres.

El sucesor de Jorge III queda hechizado por esta adolescente plebeya.

Su pasión se hace incontrolable porque ella lo rechaza.

El futuro Jorge IV intenta besar a la muchacha, pero ella se resiste. La joven huye, pero un par de lacayos la capturan.

Los lacayos transportan a la joven, la introducen en una habitación y la atan a una cama con dosel. Después se retiran. El príncipe entra, haciendo gestos amenazantes con una fusta en la mano. Se acerca a la joven mientras se va desnudando.

Don Anselmo hace un gesto con las manos como para significar una falsa resignación y se encoge de hombros

— ¿Se puede considerar violación si una súbdita es obligada a prestar sus servicios a la corona?

Puedo imaginarme claramente a Lady Bribadway mientras se pasea nerviosa en una biblioteca de una residencia lujosa. Veo que en un sillón está sentada la joven actriz, que protege con sus manos su vientre abultado, evidencia de su embarazo.

— Como consecuencia de este romance un tanto forzoso la muchacha ha quedado embarazada por el príncipe Jorge.

— Oigo la voz ronca y profunda de Lady Bribadway diciéndole:

— El muy perro te obligó, ¿no es cierto? No lo repitas a nadie, si quieres mantenerte viva… mientras la joven asiente con la cabeza.

— Después imagino una escena en un escritorio del palacio real en la que el Rey Jorge III se muestra furioso con su hijo, gesticula con mucho enojo y lo golpea, sin que el príncipe se defienda.

— Enterado el rey de la aventura de su hijo y de su inoportuno resultado que se suma a sus deudas de juego, y a un inconveniente casamiento, decide…

Julián interviene con una amplia sonrisa, como un escolar aplicado que quiere demostrar cómo se sabe la lección de memoria.

— … enviar a la muchacha al exilio… Puedo ver como si hubiera estado allí a la joven actriz acostada en la cama mostrando evidencias visibles de un avanzado estado de gestación mientras un par de hombres uniformados ingresan a la modesta vivienda.

Don Anselmo prosigue su relato mirando a Julián con una fingida reprobación.

— decide deportar a Irlanda a la infractora.

Julián parece no haberlo oído y prosigue:

— A través de los años me llega la voz del hombre uniformado diciendo con vergüenza (Julián deforma su voz):

— Señora, debe vestirse y acompañarnos. Obedezca la orden de la justicia y de su majestad, deberá ser conducida a Belfast y allí deberá permanecer por tiempo indeterminado hasta que...

Después Julián imita una voz femenina.

— No es posible, sería una condena a muerte... ... El médico me ha ordenado que no salga de la cama... ... Si no fuera por Lady Bribadway, que me ha brindado los medios para poder sobrevivir… — el tono de su voz vuelve a cambiar.

— Lo lamento, señora… Pero es una resolución judicial y una orden del rey…

Don Anselmo tercia en el relato.

— No requiere mucho esfuerzo imaginar que en ese momento entra un hombre vestido en forma elegante, con un maletín que lo identifica como médico.

Julián imita una nueva voz, más grave y solemne:

— ¿Qué está ocurriendo? ¿Quiénes son estos señores, Sofía? ¿Qué quieren ustedes de mi paciente, señores?

Don Anselmo sonríe y aclara:

— Como en toda buena historia no es posible que los malos logren su propósito en el primer intento. Aunque los dos hombres uniformados gesticulan vehementemente, negándose a obedecer al doctor, llega Lady Bribadway e interviene de un modo sumamente autoritario. Dos de sus lacayos ingresan a la habitación y hacen notorios gestos de amenaza a los uniformados, empujándolos y echándolos a patadas. El médico y la intervención de su Lady protectora logran impedir la deportación en el primer intento y los uniformados se retiran, con gestos de indignación.

Alberto y Lucía cruzan sus miradas al oír la palabra "uniformados". Don Anselmo lo advierte y hace una mueca, como queriendo significar "no se apuren para festejar". Su voz se vuelve más tenue, contenida, como si se negara a seguir contando.

— Después volveremos a recordar, o a imaginar… que la joven está durmiendo en su cama. Ingresan los dos hombres uniformados acompañados con otros dos que portan una camilla. Toman a la joven por debajo de los brazos y de las piernas y la trasladan de la cama a la camilla. Luego salen con ella. Nadie viene a rescatarla.

El viejo campesino hace una pausa para tomarse un trago de caña. Nadie se atreve a romper el silencio, sumergidos en aquel ambiente del siglo dieciocho, acongojados por lo que el futuro pueda depararle a aquella joven que hubiera muerto hace más de cien años si hubiera vivido otro tanto.

— Pero el rey Jorge III insiste en que se debe cumplir su voluntad. Tal vez no quiera que el niño nazca en Londres. Aunque su hijo intriga para evitarlo, la joven es apresada cuando estaba en su octavo mes, y se procede a trasladarla a pesar de los riesgos que esa acción significa para su vida y la de la criatura...

Julián interviene como si se tratara de una puesta en escena largamente ensayada.

— Llega un carruaje abierto al puerto sobre el cual transportan a Sofía. Los dos uniformados van sentados junto al conductor, uno a cada lado, pero van mirando hacia la muchacha. El carruaje se detiene. Cuando los hombres van a alzar la camilla la joven los detiene con un gesto: sus señas indican claramente que han comenzado los dolores de parto. Los agentes del estado no saben qué hacer. Uno de ellos permite que la joven se aferre a su brazo mientras el otro corre en busca de ayuda.

—La joven muere pero su hijo sobrevive – prosigue Don Anselmo — El príncipe Jorge ha llegado, pero su víctima ya está muerta. Se ocupará personalmente de trasladar al niño a Dublín, y lo entregará en custodia a una familia, a la cual se le concede una pensión para que lleve a cabo su misión.

— Después, sin que su padre lo sepa, el príncipe, cargado de sentimientos de culpa, escribe una carta destinada a su hijo para cuando cumpla los dieciséis años, la guarda en un cofre donde agrega un anillo y uno de los sellos reales que se utilizaban para lacrar los sobres. Esto lo entrega a la mujer que se ocupará de criar al niño, y la obliga a juramentar, bajo amenaza de muerte, que guardará el secreto hasta que su hijo cumpla dieciséis años... En pago de sus servicios a la corona, la mujer recibe una "dote" que le permite casarse con David O'Connors. También recibe una pensión anual. La situación del niño nunca se regulariza, no es adoptado ni es reconocido.

Capítulo IX

Sentados en la galería que protege la fachada de una taberna de los suburbios de Belfast, a principios del siglo XIX, un grupo de hombres jóvenes y algunos adolescentes dialogan en torno a una mesa en la que hay algunos vasos rebosantes de licor. El fuerte aroma de los jamones ahumados que cuelgan sobre ellos influye en las actitudes de los hombres sin que ellos sean conscientes. El apetito del estómago genera todo tipo de deseos.

Uno de ellos es Jorge O'Connors, nieto ilegítimo del rey de Inglaterra. El muchacho habla como si hiciera un discurso político ante una multitud.

— Es la hora de los pueblos, es la hora de los plebeyos. La sangre roja que alimenta los corazones sencillos como el mío agitarán a la mayoría que se negará a servir a la inservible sangre azul de los parásitos. Esa mentirosa sangre azul que se vio muy roja ensuciando el brillo de la guillotina en los tiempos gloriosos de la revolución...

Gritan y beben enormes tragos, pero uno de los asistentes a la reunión aplaude flojamente como para hacer notar que su gesto es irónico. En su rostro su sonrisa hipócrita sugiere lo mismo.

Se trata de John Parish Robertson, miembro del servicio secreto de la Corona que se ocupa de vigilar al joven.

— ¡Bravo, O'Connors! Un hurra, qué digo, tres hurras por nuestro líder. Lástima que si te escuchan las autoridades nos llevarán a todos al paredón. Nuestro merecidamente bien alabado señor, el loco, tercero de los Jorge que han llevado al Reino a ser la nación más importante de este triste planeta, no se sentiría muy feliz si oyera tus bromas... Eres muy niño para pronunciarte políticamente. ¿Qué te lleva a renegar de tus reyes, quienes se preocupan de protegerte de los aventureros que han usurpado el trono en el país de monsieur Jasón?

— No han usurpado el trono, señor Robertson, han usurpado el poder del pueblo... — retruca el francés, preceptor del príncipe bastardo.

— Parish Robertson, Monsieur. John Parish Roberton Le ruego que disculpe mi temeridad. Olvidaba que el señor es nuestro huésped porque huye de las garras de Bonaparte, y defiende a la república…

— Si es usted un espía, ¡denúncieme! – alardea el francés — Pero le pido que no se burle de mis creencias, señor. Por ellas daría la vida, y la quitaría a quienes osaran interponerse en mis intentos de traerlas al mundo real.

John Parish lo interrumpe con groseras carcajadas.

— ¿Cómo se dio cuenta? Es usted brillante, monsieur — recalca el acento francés para que suene ridículo. De golpe se pone serio y responde agresivamente.

— No tan brillante como aquellos que me han enviado a compartir su exilio. ¿Le parece tan importante su peligrosidad como para que hayan enviado un espía para su atención exclusiva? Debería reflexionar antes de hablar, monsieur, su tono es ofensivo, y lo que se infiere de sus frases, también.

— Lamento que interprete de esa manera mis observaciones, pero debe comprender... Estamos en una situación delicada, y son más los que nos persiguen que aquellos que quieren nuestro bien...

Parish Robertson se encoge de hombros. Siguen bebiendo en silencio, como si el tema estuviera agotado por el momento. Poco tiempo después el grupo se dispersa y Jorge O'Connors regresa a su casa.

Un rato después vuelve a salir con un libro. En ese momento aparece Monsieur Pierre—Joseph, el preceptor, con otro libro y con utensilios para escribir.

— Hola, Jorge, ¿ibas a devolverme el libro? ¿Lo has leído tan rápidamente?

— Hola, Monsieur Pierre—Joseph. En realidad, iba a pedirle otro libro y por eso le llevaba este de vuelta. Lo leí detenidamente, pero no me gustó.

— ¿No te gustó? No me digas que no quieres historias inventadas... ¿Quieres otro relato sobre la Inquisición?

— Me gustaría que me prestaras algunas de tus novelas francesas o españolas. También quiero libros sobre ideas políticas y sobre filosofía. Tú sabes que quiero aprender a leer y hablar en esos idiomas. Quiero poder leer a Cervantes, a Voltaire y a Diderot, pero quiero leerlos en su propia lengua.

— Veré que puedo hacer. ¿Podemos pasar para que tengas tu lección de hoy?

Jorge O'Connors asiente con la cabeza. Ambos entran en la casa y por un pasillo acceden al comedor. Es un lugar adecuado a la clase media de la época: malamente iluminado, limpio y confortable, pero sin lujos.

— Vayamos a mi escritorio. De ese modo evitaremos que mi madre nos interrumpa…

— No sé por qué dices eso. Tu madre es una persona muy discreta y jamás actúa en forma impertinente.

— Es que creo que eso ocurre generalmente, pero cuando tú estás, Joseph, ella busca cualquier excusa para prolongar la conversación hasta hacerse molesta. ¿No lo has notado? Desde que murió mi padre, hace muchos años, que no la veía sonreír así

— Estás bromeando, Jorge. Y no es de buen gusto lo que estás insinuando.

En ese momento entra la madre de Jorge. Se acerca al tutor y a su hijo adoptivo. Alarga la mano para recibir el saludo del hombre.

— Buenas tardes, Monsieur Pierre—Joseph. Buenas tardes, Jorge.

— Buenas tardes, madame O'Connors

— ¡Madre! ¿Desde cuándo perteneces a la nobleza para pedir que un caballero te bese la mano? Sabes que me molestan esos aires aristocráticos que quieres lucir. Aquí deberíamos ser fervientes partidarios republicanos, pues el odioso viejo loco nos ha deportado de por vida en este país. Somos perseguidos políticos de la realeza británica, ¿lo sabías, Joseph?

— Cállate, niño tonto. ¡¿Perseguidos políticos?! ¿De dónde has sacado esas estúpidas ideas? He vivido toda mi vida en Belfast ¿Cómo voy a estar exiliada en mi propio pueblo? ¿No le estarás prestando atención a las locuras de tu abuelo? ¿O son esos libros franceses que te presta Monsieur Pierre—Joseph? Cualquiera sea el origen de tus delirios deberías mantener cerrada tu boca. En muy poco tiempo sabrás de qué modo estamos vinculados con la realeza. Cuando cumplas dieciséis la próxima semana te lo contaré todo, no antes.

La madre de Jorge hace una reverencia hacia el tutor francés y se retira hacia otra de las habitaciones. El adolescente y su profesor se van por la puerta principal.

* * *

Un grupo de hombres se ha reunido en una casa pobre en Belfast y es de noche. Dos jóvenes observan por una ventana procurando no ser vistos desde afuera. Por la ventana penetra una brisa cargada de los aromas del bosque cercano, y de los ruidos que allí se emiten. Rugidos y chistidos de lechuzas suenan como augurios en el ambiente conspirativo de la choza.

— Se acerca O'Connors. No hagan ruido. Esperemos que se vaya.

— ¿Por qué? Yo lo invité... Es alguien que habla muy bien y sabe de todo... Ha leído mucho de política con su amigo francés, el revolucionario...

— Pero su madre recibe dinero del rey Jorge, ese viejo loco que ha metido la mano en nuestro país, maltrata a nuestro pueblo y se burla de nuestras creencias...

— Pero O'Connors es muy amigo del francés. Además, sabe tocar *La Marsellesa*, ha leído a Godwin y recita páginas de Thomas Paine de memoria...

— No sé, no me cae bien, me parece sospechoso...

— Lo que te pasa es que estás celoso porque la hija de Elms está loca por él y a ti ni te mira

— ¡No es cierto!... ¡No es cierto!... — las miradas irónicas de todos los presenten lo convencen de que son vanas sus protestas y se resigna — Está bien, déjalo participar de la reunión, pero recuerda que te advertí...

Los dos jóvenes se apartan de la ventana y se aproximan a una mesa en torno a la cual están sentados otros mocetones. En ese momento se escucha que golpean a la puerta.

Capítulo X

El joven Jorge toca la Marsellesa. En pocos instantes termina la obra y el público, integrado por la madre, el abuelo y el tutor Pierre—Joseph, aplaude. El joven recibe el abrazo de su madre y un saludo fervoroso de los dos hombres. Todos se apartan del piano y se aproximan a la mesa donde hay algunos vasos y una jarra con bebida.

— Espero que te haya gustado el instrumento. Es un regalo que he podido comprar gracias a la ayuda de alguien que pronto vas a conocer. Ahora debemos brindar por ti.

— ¡Gracias, madre! Ahórrate misterios y cuéntanos esa historia que tanto te atormenta.

— Estimado discípulo, no seas impaciente. Tu madre ha esperado dieciséis años sin revelar estos secretos.

Sería bueno que tú esperaras un par de horas.

— Tú eres un pusilánime, Pierre Joseph. Esperarás todo lo que provenga de mi madre hasta que te mueras, y después de muerto, pedirás a tus gusanos que tengan paciencia con ella. Sería bueno que cambiaras esa paciencia por pasión, eso le haría bien a los dos.

— ¡Jorge O'Connors! ¿Qué tonterías estás diciendo? ¿Te ha caído mal el vino antes de que hayamos brindado? No deberías decir esas groserías a monsieur Jasón. Sabes que él te enseña y te protege desinteresadamente.

— Es tan desinteresado que sólo aspira a ver… — el joven O'Connors advierte la expresión de pánico de su mentor, se apiada y para de hablar sin terminar la frase — Bueno, dejemos las bromas para otro día… Es hora del brindis

Toma la jarra y sirve en los cuatro vasos. Mientras él vierte el líquido su madre ha tomado un paquete de un aparador y se lo entrega. El muchacho extrae una pequeña caja en la que hay un sello y un anillo. Luego extrae un sobre donde hay una carta y otro sobre en el que hay un mechón de cabello. Antes de leerla hace chocar su vaso con los demás y toma el contenido de su vaso de un solo trago. Se sienta para leer. Los otros lo contemplan con expresión de expectativa. En los primeros momentos de lectura la madre tiene la sensación de que oye la propia voz del príncipe Jorge que lee mientras el rostro del joven O'Connors se va alterando por las emociones. Primero, asombro, después tristeza y luego ira.

Relee toda la carta en voz alta:

— Querido hijo: Si estás leyendo esta carta es porque todavía no me has conocido. Debes de saber varias cosas de mí antes de que me juzgues. Debes saber que tu madre ha sido la única mujer que he amado de verdad en mi vida. Debes saber también que yo no soy un hombre común: mi padre es Jorge III de Inglaterra. Tengo obligaciones para con el Estado que me hubieran impedido casarme con tu madre, que es lo que más quisiera, porque ella no es de familia noble, no es de la religión apropiada y ni siquiera es inglesa, proviene de un país enemigo... Ella sólo era una actriz desdichada de mala reputación, injustamente…

— Aunque sé que será muy difícil, espero que sepas perdonarme y consideres que, cuando llegue el momento en que sea yo mismo quien gobierne, asumas tu condición de príncipe heredero y puedas integrarte a la vida de la corte. Espero que el don del perdón te sea concedido, por tu bien, y si no es así, voy a comprenderte y haré todo lo que esté a mi alcance para que no tengas que realizar ningún esfuerzo para ocupar el lugar que te corresponde. Recibe un fuerte abrazo desde la lejanía, en la distancia y en el tiempo, de tu padre, que te quiere sin haberte conocido, porque debe confesarte que, aunque hubiera tantas disposiciones legales en contra, tenía intenciones de casarme con tu madre, aunque ello me hubiera llevado a perder la corona, si ella no hubiese fallecido.

El rostro de Michael adquiere una expresión que refleja odio y desprecio: sus ojos y todos los músculos de su rostro se contraen. Cuando habla lo hace modulando las palabras muy lentamente, aunque sin elevar el volumen de su voz.

— No comprendo como es posible que me hagas esto, madre. Me traes una carta de mi padre que dice que soy nieto del rey... Sabes bien que odio todo lo que se relacione con la monarquía y la aristocracia. Tengo el orgullo de sentirme discípulo de William Godwin. He leído y más que leído he devorado tres veces su *Justicia Política*. Soy enemigo de esta sociedad que ampara la esclavitud y la explotación, que genera la riqueza de algunos a partir de la miseria de la mayoría.

Se detiene unos instantes, mirando a los ojos de cada uno de aquellos que lo escuchan. El profesor francés lo contempla atónito, asintiendo con la cabeza a todo lo que él dice.

— Me niego a ser hijo de un príncipe... Mis hermanos son los pobres, y los pensadores como Swift, Diderot o Godwin. Y tú deberías ser como su esposa Mary, alguien que peleara por sus derechos y los de todas las mujeres, que no ostentara con orgullo por haber sido humillada por el hijo bastardo de un rey loco

— Yo no soy tu verdadera madre. Sólo te he criado como si fueras mi hijo...

Pierre Joseph se adelanta y habla:

— Yo soy tu tío, el hermano de tu verdadera madre. Estoy aquí para ocuparme de que puedas honrar la memoria de tu madre...

El joven Jorge se aleja de ellos hacia la puerta mientras grita:

— ¡Nunca seré un rey! Nunca seré un esclavo de los piratas... ¡Nunca!

Sale. Los otros se quedan mirando entre sí. La madre de Michael hace un gesto de reproche.

Esta por decirle algo al profesor cuando Jorge regresa con un hacha en sus manos y se dirige hacia el piano.

— Este piano lo has comprado con el dinero que él te manda ¿verdad? Mira lo que hago con todo lo que de él provenga... Esto haría con gusto con sus cabezas, como bien han hecho los franceses...

— ¡No, Jorge, no lo hagas! Luego de arrepentirás... ¡No!

Jorge da varios golpes con el hacha causando severos destrozos en el piano.

El último, dado sobre el teclado produce la mezcla del sonido de la madera al quebrarse, con el de las notas que producen las cuerdas al ser golpeadas. La madre trata de acercarse para detenerlo pero los dos hombres no se lo permiten. Ella grita y llora.

— No lo hagas, por favor. No lo hagas. Te lo ruego.

Jorge deja el hacha y se vuelve hacia su madre. En su rostro se dibuja una sonrisa. Levanta el puño derecho en un gesto amenazante.

— No voy a perdonarte nunca que me hayas ocultado esto toda mi vida. Debí imaginarme que tus llantos, tus locuras y tus fantasías aristocráticas no eran sólo una manía de desquiciada...

Hace una breve pausa. Luego hace una reverencia hacia los dos hombres.

— Ha sido un placer, caballeros. Mi único abuelo. Mi estimado profesor. Lamento si les causé un mal momento. ¡Madre! Mírame, porque no volverás a verme nunca más, hasta que rompas definitivamente con toda la mierda monárquica

Toma la caja con la carta, el anillo y el sello. Sale de la habitación dando un portazo. Su madre quiere correr a detenerlo, pero el abuelo de lo impide

Capítulo XI

Un lacayo atraviesa el hall de entrada y sube las escalinatas hasta la puerta de un dormitorio ubicado en el primer piso de un palacio londinense habitado por cortesanas. Una vez ante ella golpea con los nudillos muy suavemente.

— Señor, hay un joven que pregunta por usted. Trae un anillo con el emblema real, que si usted lo ve, querrá atenderlo. Trae también una carta Afirma que es de su puño y letra y me mostró un sello de la casa real... ¿Qué desea que haga, señor?

— ¿Qué dices, Anthony? Te he pedido muchas veces que hay momentos en los que no debes molestarme. ¿Puedes repetirme despacio lo que haz dicho?

— Le anuncié que hay un joven que pregunta por usted. Trae un anillo y un sello de la casa real, una carta de su puño y letra, y afirma que si usted lo ve, y reconoce estos objetos, entonces querrá atenderlo. Le he preguntado qué desea usted que yo haga, señor...

La respuesta demora unos momentos. Luego aparece el padre de Jorge cubierto por una bata y despeinado. En su rostro tiene una expresión de asombro.

— ¿En qué año vivimos, Albert?

Hace una pausa y sacude la cabeza. Sin esperar respuesta, prosigue:

— Dile que pase, ¡pronto! ¡¿Qué esperas?!

— Enseguida, señor... Mi nombre es Edward, señor

El lacayo se retira con rapidez. Cuando regresa viene acompañado de Jorge O'Connors.

— El señor Jorge, mi señor...

— Adelante... pasa... muchacho... pasa... Disculpa que la situación no sea la mejor para recibirte... — Emite una risa nerviosa y hace un gesto para que el lacayo se retire — Han pasado muchos años... Pero tengo muy presente todo lo que pasó... ¿Cómo están... tus padres?

— Ya lo sé todo, señor... No debe preocuparse, señor... No le haré perder mucho tiempo. Creo que no es necesario que pase. Sólo vengo a devolverle algunas pertenencias que usted entregó a mi madre por error, y quiero decirle que, en cuanto se pueda le será devuelto hasta el último centavo de lo que ha destinado como pensión estos últimos dieciséis años. Ha sido muy amable, señor, estas son sus pertenencias, señor...

Jorge extendió la caja que le había entregado su madre y su padre la tomó con expresión de incomprensión. En ese momento una mujer joven se asoma en la puerta del dormitorio. Su bata está entreabierta y permite ver zonas de su cuerpo, pero ella no muestra ninguna vergüenza ni preocupación por ocultarlas.

— ¿Qué pasa? ¿Qué quiere este niño? ¿Quién es? ¿Vas a volver conmigo y seguiremos cabalgando como el viejo Arturo y cosechando frutillas, o limpiaremos perillitas? Si vas a invitar al joven a nuestra fiesta, deberíamos llamar a Lilith

— ¿Cómo que entregué estas pertenencias por error? ¿Qué estás queriendo decir? Se las entregué a tu... madre adoptiva para que... Tú sabes quién eres, sabes que eres mi... mi...

— No se esfuerce, señor. No crea que haberse divertido con mi madre... le otorga derechos, o le genera obligaciones. Cuando las leyes sean para el bien de las mujeres y los hombres, no habrá que atender a este tipo de vinculaciones…

— ¡Hablas como un abogado! Ya veo… Estás bromeando. Quieres demostrarle a tu padre lo inteligente y la capaz que eres para que se sienta orgulloso de ti, ¿verdad?

— i¿Vas a seguir hablando o vas a venir?! ¿O te atraen los jovencitos, Georgie? Ten cuidado, porque eso les pasa a muchos viejitos, Georgie; se aburren de las mujeres porque consumen demasiado alcohol y luego se dedican a perseguir niños… Si el padre de este jovencito está orgulloso de su hijo, va a dejar de estarlo si se lo ve acompañado por un hombre de tu calaña, Georgie…

— ¿Por qué no te callas, maldita perra? – el hombre se enfrenta enojado a la mujer, pero esta lo abraza y lo apresa con brazos y piernas, hasta hacerlo callar con un beso. Cuando logra liberarse parcialmente, el padre de Michael ríe.

—¡Quédate quieta, Bethy! ¡Suéltame, estúpida! Este muchacho es mi hijo.

Cuando su padre logra zafarse, Michael ha desaparecido. El hombre baja las escaleras. Al pie de éstas lo espera el lacayo.

— ¡Corre, Edward! Persigue a ese muchacho y tráelo de inmediato. ¡Corre! ¡Ya! Usa la fuerza si es necesario.

El lacayo sale. El príncipe de Gales vuelve a subir por la escalera.

Capítulo XII

En la habitación, iluminada pobremente por un farol, los fugitivos y el chofer escuchan con atención el relato del viejo campesino, con expresión de arrobamiento, en tanto éste sonríe al hablar.

— Se imaginarán que el lacayo volvió solo y – como habrán adivinado – el padre no pudo hallarlo.

— Es una historia fascinante, pero ¿es cierta?

— ¡¿Qué puedo decirte?! Ocurrió. Algo parecido a lo que te conté sucedió. Es cierto que Jorge IV tuvo un hijo con una mujer con la cual no se casó, que ese hijo viajó al Río de la Plata, que fue herido en Buenos Aires, que tuvo una hija que fue la primera esposa del poeta romántico argentino Guido y Spano. Acá en Colonia mucha gente cuenta la historia con ligeras discrepancias en algunos detalles, pero todos coinciden en los puntos esenciales de la historia.

— ¿Por qué vino a estas tierras?

— En la historia que yo he rescatado a partir de varios testimonios, entre ellos el de mi madre, quien se vanagloriaba de ser descendiente de la familia real británica por la vía de Hines, en realidad Michael quiso embarcarse para los Estados Unidos.

El campesino se puso de pie y caminó hacia un mueble que había sobre la pared opuesta a la puerta de entrada.

— Sin embargo, parece que el barco que él eligió era una trampa: les ofrecían trabajo a cambio del viaje, y luego hacían una leva de reclutamiento. Es así que aquel adolescente antimonárquico se vio involucrado en las invasiones inglesas al Río de la Plata. Esto no es inverosímil porque era muy común el reclutamiento forzado para conseguir carne de cañón para las aventuras bélicas que planificaban los gobiernos de entonces.

El campesino buscó dentro de los estantes del mueble hasta que halló un par de cuadernos. Regresó con ellos a la mesa y se sentó. Se los alcanzó a Lucía.

— En estos cuadernos he anotado los relatos de quienes supieron la historia directamente, de boca en boca, de alguno de sus ancestros. Incluso está la historia de un descendiente de uno de los hombres que fue acusado del asesinato de Michael Hynes. Sostenía que su tatarabuelo no tenía nada que ver, y que los asesinos habían llegado en un barco inglés...

— ¡Shh! Cállense un poquito... ¿No oyen un ruido de motor?

Todos hacen silencio y quedan expectantes, tratando de oír. Se percibe un sonido muy bajo e intermitente, como el de un vehículo de motor muy lejano que se estuviera acercando. Joaquín y el campesino intercambian miradas y realizan un gesto de asentimiento. Alberto y Lucía advierten el gesto y luego cruzan miradas entre ellos.

— Deben ocultarse. Si son milicos y no se quedan hasta que sea de día no los encontrarán.

— ¿Qué pasa si se quedan? ¿Cómo huimos y hacia dónde?

— Si anuncian que van a esperar al amanecer, Joaquín saldrá y ustedes deberán subir al camión en marcha cuando este pase por el costado del monte.

El campesino hace una pausa y un gesto indicativo de que todos deben mantenerse calmados. Hace una señal hacia la puerta, y hacia el norte.

— No puedo acompañarlos porque no me va dar el tiempo para volver a la casa. Vayan solos, no pueden perderse... Caminen hasta encontrar el alambrau y síganlo hasta toparse con el caramanchel de los fardos. Allí, al lado del poste de la derecha van a encontrar cuatro o cinco fardos separados del lote. Debajo de ellos van a encontrar la entrada de una tatucera, hay espacio para más de dos personas y pueden aguantar hasta tres días sin necesidad de salir a buscar agua y comida.

Alberto toma su mochila y sale. Lucía le sigue llevando los cuadernos del campesino.

— ¡Suerte!

— ¡Suerte! Gracias, si no nos vemos.

El campesino y Joaquín no contestan.

Alberto y Lucía permanecen cerca de la casa. Se pegan de espaldas a la pared y acercan sus cabezas para hablar.

Alberto pregunta en voz muy baja.

— ¿Estás pensando lo mismo que yo?

— Claro. No podemos irnos. Tenemos que saber si es un vehículo militar, o no. Si lo es, entonces hubo una delación y nos estarán buscando. Debemos saber si hay un cerco, y tal vez ellos necesiten ayuda para escapar.

— De acuerdo. Entonces busquemos un escondite que nos permita bichar pa' dentro y escuchar

Se pegan a la pared y buscan una ventana para poder mirar hacia el interior de la casa.

El campesino busca un mazo de cartas y unos porotos y los coloca sobre la mesa. Joaquín arma montoncitos con éstos y luego reparte la baraja para simular una partida. El campesino busca las colillas de los cigarrillos de Lucía y las tira dentro de un brasero que hay tras la puerta de la cocina. Recorre la habitación en busca de rastros de los fugitivos y hacerlos desaparecer: lava dos de los vasos de caña y los guarda. Sirve caña en los restantes y luego se sienta. Mirando los tantos que había dejado Joaquín, protesta:

— Podrías haber dejado una partida más pareja, hijo de puta.

— Es que todo debe ser muy creíble, y si los milicos nos conocen deben saber que siempre te gano

Se ríe como si estuvieran disputándose un whisky en un bar y no esperando a la muerte.

— ¡Puta que te parió, ventajero! Quince tantos es la ventaja que te puedo dar, chambón. ¿A qué no tenés envido?

— ¿Envidio o envido, dijo?

Antes de que el campesino tenga tiempo de responder, se escucha el ruido de los motores que han llegado a la explanada del frente de la casa. Se oye el chirrido de los frenos, voces de mando y botas que corren retumbando sobre el suelo polvoriento. Los hombres dejan las cartas sobre la mesa, apuran un trago al unísono y salen hacia la puerta.

Cuando los dos hombres aparecen son deslumbrados por un foco que les busca los ojos. Una voz desde la oscuridad grita.

— ¡Alto ahí, señores! Contra la pared. Dense vuelta y apoyen las manos extendidas. No hagan movimientos extraños porque hay armas apuntándoles y muchos milicos nerviosos que se les escapan tiros como si fueran pedos.

Se escuchan algunas risas provenientes de la oscuridad. Un oficial seguido de dos soldados y un sargento sale de la zona en sombras y se acercan a los dos hombres que han cumplido la orden. Los soldados cachean a Joaquín y al campesino.

— Están limpios, señor.

— Bien, sargento. ¿No nos invitan a pasar, señores? Está frío para que nos agarre la madrugada a la intemperie. Pueden descansar y darse vuelta. Sus nombres y ocupaciones, por favor.

Los dos hombres giran y se enfrentan al oficial, que es un alférez muy joven.

— Joaquín Gutiérrez, señor, Chofer de la barraca del Doctor Bermúdez.

— Anselmo Jourdan. Tambero de esta casa, señor alférez. Si quieren pasar, pasemos... Adelante, caballeros.

— Después de usted – el alférez ríe — Me gustan las falluterías que provocan un par de tartamudas. Entremos.

Entran todos: Joaquín primero, luego Anselmo. A ellos les siguen un soldado, el sargento, el alférez y por último el otro soldado que entra caminando para atrás, apuntando hacia un posible enemigo que los siguiera.

Entran, el alférez recorre la habitación. Luego se acerca a la mesa y detiene unos momentos la mirada en las cartas. Toma las que pertenecieron a Anselmo, las mira y pregunta:

— ¿De quién eran estas cartas?

— ¡Mías!

— ¿Qué hubiera echado?

— Iba a echar la falta envido, porque me tenía muy mal con los tantos.

— Parece cierto que estaban jugando, ¿no le parece, sargento? Los fugitivos deben de haberse ido hace una media hora, ¿no? ¿Me equivoco, señor Jourdan? ¿Qué hace un gringo valdense como usted, mezclao con tupamaros, señor?

— No entiendo su pregunta, alférez. No conozco, ni me junto con tupamaros, señor. Mi compañía son las vacas, los teros y los perros.

— Muy gracioso, señor. Pero no te hagás el vivo que ya sabemos que los fugitivos vinieron para acá en el camión del desgraciau que te acompaña. El infeliz de Piedra Pómez nos contó casi todo el plan. La lancha que los iba cruzar está esperándolos, pero la conduce uno de los nuestros. Van a caer igual, aunque ustedes no colaboren. Así que no se hagan pegar al pedo, che.

— No sé de qué hablan, señores, pero les puedo asegurar que el Piedra Pómez les puede haber inventado cualquier historia. Ese tipo me tiene ojeriza porque está convencido de que me culeo a su mujer.

— ¡Cállate, marmota! Nadie te dio permiso para hablar. Sabemos que sos más tupa que Sendic. No te habíamos tocado porque estábamos esperando que otros chingolos cayeran en tu trampero.

Alberto hace el ademán de querer intervenir. Lucía lo abraza y se lo impide. En sus rostros se refleja angustia e impotencia ante la imposibilidad de intervenir.

El alférez saca una pistola y golpea a Joaquín en el rostro. Este se toma la cara con las dos manos y el oficial aprovecha para tomarlo del pelo y cincharlo, tratando de hacerlo caer. Joaquín se resiste y al moverse queda junto al alférez. Lo abraza con violencia y busca quitarle el arma. El sargento lo golpea con su pistola en la cabeza, haciéndolo caer de rodillas, mientras los dos soldados inmovilizan al campesino Anselmo clavándole los caños de sus metralletas en las costillas. El alférez se suelta y le dispara a quemarropa a Joaquín hasta vaciar el cargador de su arma.

— ¿No ven que casi me estrangula esta bestia? ¿Qué esperaban? ¿Que me matara? Son una manga de inútiles...

— ¡Asesino, cagón, asesino! – susurra.

El alférez se vuelve hacia él y le sonríe.

— Aguantá que ya te va a tocar a vos, viejo pajero. Ponete de rodillas, maricón de mierda y empezá a decir dónde están los tortolitos, botija

Los soldados obligan a Anselmo a ponerse de rodillas con culatazos y el alférez lo toma de los cabellos.

Capítulo XIII

— Eso fue lo último que Clavijo pudo escuchar desde su escondite en un lugar cercano a la casa, No habían obedecido las instrucciones y se habían quedado cerca de la casa por si los otros necesitaban ayuda.

— ¿Los atraparon?

— En ese momento no. No pudieron reaccionar a tiempo para salvar a Joaquín, pero Lucía, que manejaba el arma mejor que Alberto, tiró un tiro desde la ventana a través de la cual espiaban y le pegó al alférez en la cara.

— Cuando se dieron cuenta de que estaban cerca, los habrán buscado hasta masacrarlos...

— No. Se habían quedado sin jefe. No tenían un plan para enfrentarse a una posible resistencia. Esperaban encontrar lo habitual: gente desarmada que se rindiera, no estaban preparados para luchar.

— ¿No eran muchos soldados?

— Eran cuatro soldados y el sargento, pero se cagaron. Alberto se dio cuenta de que el tiro de Lucía los había asustado.

Entonces efectuó otro disparo desde un ángulo diferente, y por su actitud deduje que creyeron que había más de un arma y salieron al trote.

— ¿Los soldados huyeron?

— ¿Qué dije? Aunque estén armados, los tipos son empleados públicos que viven de un sueldo de mierda y no tienen ganas de morirse por nada. La guerra sucia nunca entusiasmó a ningún milico.

— No me hables en difícil, abuelo. Contame por qué, pero no hables de empleados públicos.

— Bueno, pasó entonces que se subieron todos a la camioneta y se volvieron al cuartel de Colonia. Aunque tenían los focos no los usaron para buscarlos. La excusa de que el oficial estaba vivo y se les desangraba les vino al pelo para salir rajando. Se llevaron al viejo Anselmo, así por lo menos no los iban a sancionar demasiado por volver con las manos vacías.

— ¿Qué pasó con Lucía y Alberto? ¿Cómo hicieron para escapar?

— Se subieron al camión de Joaquín y siguieron a la camioneta, dándole unos minutos de ventaja. Cuando llegaron a la ruta uno, que muere en Colonia, se desviaron hacia Montevideo y fueron a parar a Juan Lacaze.

El abuelo gira en su asiento y toma un mapa que sobresalía entre los libros ubicados en el aparador a su espalda. Lo coloca en su asiento entre él y su nieto y le señala:

— ¿Ves? Acá esta la ruta uno y este es Juan Lacaze. Allí había gente, unos pescadores compañeros de Lucía, que los transportaron hasta el lado Argentino. Los llevaron por aquí, bordeando la costa a unos cuantos kilómetros y llegaron al Tigre. De allí fue una pasada ir a Buenos Aires. Esa vez se salvaron.

Entra la hija de Tomás y madre del niño.

— Bueno... bueno... Se acabó el cine. Ya no es hora de mirar películas. Está pronta la cena...

— Es cierto... yo estoy que me muero de hambre. Creo que me voy a comer tu chuleta, Antonio.

Se levanta ágilmente y sale, seguido de su nieto que trata de adelantársele, mientras la mujer los sigue, sonriendo.

* * *

Tomás está sentado en la mesa escribiendo en sus cuadernos. Se escucha muy suavemente un tema de Mozart. Entra su hija y se sienta a su lado. Tomás sigue escribiendo por unos instantes hasta que cesa, cierra el cuaderno, toma la mano de su hija y la acaricia suavemente.

— No te preocupes, Micaela. No estoy escribiendo mi testamento.

— ¿Qué bobada decís? Estás con eso en la cabeza y te hace mal. ¿Qué te dijo el médico? Si te dio el alta será porque te encontró bien, ¿no?

— En realidad me dijo que me sacaba del sanatorio para que no me sometieran a tratamientos inútiles. Considera que esta vez zafé, pero estoy en una situación permanente de alto riesgo.

— ¿Por qué alto riesgo?

— Por lo que entendí, tengo un tumor que está afectado por otro tumor, así que si este último crece muy rápido destruirá al primero y quedaré curado...

— Eso sería maravilloso...

Repentinamente detiene su discurso al ver la sonrisa irónica de su padre.

— No puedo creerlo, estás mintiendo, estás bromeando con eso...

— El gran peligro es que mi corazón no resista a la emoción de saberme curado, pero, en realidad, me dijo que estoy muy bien... si tenemos en cuenta que a cualquier otro, en vez de hacerle un diagnóstico, le estaría haciendo una autopsia...

Micaela cambia la posición de las manos y comienza a acariciar la de su padre.

— Creo que te entiendo. En realidad, te comprendo perfectamente. Lo que me llama la atención es que vos, nada menos, estés hablando como entregado. ¿Te ganó el pesimismo? ¿A la vejez viruela?

Tomás se ríe. Cuando responde libera la mano que su hija tiene atrapada y acaricia con ella los cabellos de la mujer.

— ¡No! ¡Todo lo contrario! Estoy más optimista que nunca. No tengo miedo, ni sensación de injusticia. Como cantaba la Piaf: no me arrepiento de nada. ¿Quién puede decir que ha vivido más que yo? Hasta los libros de historia me mencionan sin nombrarme, señal de que hice algo que le dolió al sistema. Me siento muy satisfecho conmigo mismo.

— Eso quiere decir entonces que no estás satisfecho con los demás, especialmente conmigo. ¿Ahora vas a reprocharme porque no soy una militante? No me busques la boca sobre ese tema. Si vos y mamá fueron, e hicieron lo que hicieron, era otra época. Ahora...

— Ahora no me gustaría que militaras, porque no hay ningún grupo dónde militar. Sabés que pienso eso. Nunca te he reprochado nada por algo que es responsabilidad de tu generación. No, en realidad creo que he superado el mismo miedo de Borges a seguir siendo eternamente yo mismo. Y descubrí algo, creo en los botijas, en los pendejitos como tu hijo.

— ¡Papá! ¡No me digas eso! No pensarás llenarle la cabeza a Antonio con tus utopías. Sabés adónde lleva todo eso.

— No voy a llenarle la cabeza de nada. Es un niño muy inteligente. Miramos películas y las comentamos. Después me pide que le cuente alguna historia y yo soy como León Felipe, aquel poeta español que dijo: me sé todos los cuentos. ¿Cómo puedo dejar de contarle a mi nieto las verdaderas historias sobre las que en todos lados se miente tanto?

— Me da miedo, vos sabés que yo no he podido sacarme todos los temores. Pase muy mal y no me gusta pensar en que a él…

— Es un botija muy reflexivo, muy despierto, como dicen… El otro día miramos *Match Point*, y después "Un amor y dos destinos" y las vinculó de un modo que a mí no se me hubiera ocurrido. Me dijo que el pensamiento de que todo tiene un sentido particular cuando lo miramos desde cierta altura, o desde cierta perspectiva, como dice Morgan Freeman, sería aparentemente contradictorio con un mundo donde las vidas se deciden por el azar, como en la película de Woody Allen. Lo quedé mirando y agregó: digo aparentemente porque tal vez, cuando creemos que la suerte nos favorece, eso tiene otro significado, si lo vemos desde lejos.

— No me asustes. No quiero que mi hijo viva amargado. Están pasando cosas tan espantosas. El mundo...

— El mundo de tu hijo es mejor que el que vos tuviste en tu infancia. No estamos en Iraq, ni en Bosnia, por suerte. No querrás tener un hijo que no piense, que se pase la vida mirando Gran Hermano y en tener plata para comprarse la ropa de última moda. Vos sabés que trato de vivir de acuerdo con los principios de Kant y las normas que propone el compañero Sirio: por eso estoy obligado a luchar por mi libertad y la de él. Y será libre si no se deja manipular por las influencias de la sociedad de consumo y los medios masivos, si es capaz de pensar por sí mismo.

— Que piense, está bien. Pero no le metas ideas de que hay que ir a la lucha armada para cambiar el mundo. No querrás que le pase lo mismo que a vos.

— No quiero que reviva lo que ya pasamos. Espero que sea un revolucionario victorioso.

Capítulo XIV

Tomás está escribiendo en su rincón favorito. Respira ruidosamente y cambia de postura muy a menudo con gestos de cansancio, a veces de dolor. Finalmente, deja de escribir y se sumerge en la lectura de su obra. Por la ventana entreabierta penetra una brisa cálida cargada de aromas de jazmines y madreselvas. Cuando golpean a la puerta Tomás está adormecido por el perfume que llega de su propio jardín. El ruido inesperado lo sobresalta. Con un gesto de contrariedad se levante y atiende al inoportuno.

Su rostro no manifiesta ninguna emoción cuando se encuentra con la sonrisa de Rodrigo. Son facciones totalmente desconocidas para él. El agente exhibe un carné de periodista e interroga a Tomás sin dejar de ostentar su sonrisa.

— ¿Es usted Tomás… Quino? – sin esperar la respuesta, como si descartara una negativa se presenta – Soy periodista del diario "El Día". Quisiera hacerle un reportaje, si no es demasiada molestia.

— ¿Un reportaje? ¿Está seguro? ¿Acaso me gané el cinco de oro y no me enteré? ¿Por qué quiere hacerme una entrevista a mí, que no le importo a nadie?

— Estoy seguro de que estoy con el hombre correcto. Usted sabe que las investigaciones relacionadas con los delitos cometidos en el período de la dictadura están revelando importantes documentos. En la búsqueda de los desaparecidos se han realizado numerosos interrogatorios y, a partir de los mismos han salido a luz importantes descubrimientos que habían quedado en el olvido.

— De acuerdo, señor. Pero es un pasado que no me agrada resucitar. Podrá saber lo que quiera cuando se publiquen mis memorias... si es que alguien cree que vale la pena publicarlas.

Tomás se dispone a cerrar la puerta, pero Rodrigo se arriesga a tentarlo.

— ¿No le interesaría un intercambio de información? ¿No le gustaría saber por qué usted fue un objeto de investigación por parte de organismos de inteligencia y científicos norteamericanos y británicos?

A pesar de que nada le impide cerrar la puerta, el viejo guerrillero retirado no puede completar su acción. Vuelve a abrir, sonríe y le hace una seña al periodista para que pase.

Rodrigo ingresa en silencio y sigue a Tomás hasta los sillones. Se sientan y Rodrigo acciona un pequeño grabador después de consultar a su interlocutor con un gesto. Sigue en silencio en espera de que el otro reanude el diálogo.

— ¿Bien? ¿Me vas a revelar el mayor misterio de mi vida?

— Sabía que el truco iba a dar resultado, pero debo adelantarle que no tengo una "revelación" – marca las comillas con las manos —, sólo una hipótesis que tengo que completar con algunos detalles que usted deberá proporcionarme.

— Debí haberlo adivinado – Tomás ríe – Sin embargo, es una información muy relevante la que me das. Siempre tuve la duda sobre la realidad de mis vínculos con esa gente. He soñado tantas veces con esas escenas que ya no puedo recordar la situación auténtica. De todos modos, tal vez lo más importante pueda conocerse si me explicas cómo obtuviste esos datos.

Rodrigo sonríe. Repentinamente se ve conmovido por la necesidad de suspirar. Sus pulmones se inundan con el aroma que emana la casa de Tomás y su mente se impregna, por un instante, con los recuerdos de la casa de sus abuelos, que se grabaron en visitas infantiles olvidadas y felices.

— Encontré esos datos en Internet, en unas páginas donde están publicadas las memorias de una espía rusa. Ella se asombra de que en un país tan pequeño hubiera tantos espías en aquel momento. Había más agentes secretos por habitante que en Washington o en Moscú. Esta mujer cuenta que los momentos de mayor nerviosismo en su tranquila carrera en el Uruguay los pasó cuando un grupo de importantes científicos norteamericanos y británicos arribaron de improviso y con ellos llegó un cúmulo de espías y guardaespaldas.

— Sigo sin entender que tiene que ver eso conmigo. Si querés una primicia, te cuento que siempre estuve en manos de funcionarios del ejército argentino y del uruguayo, nunca fui tocado por un agente extranjero. Dan Mitrione sólo vino a enseñar, y como ejemplo, torturó a un pobre mendigo. Tenía vedado tener contacto con los revolucionarios uruguayos.

— Pues, esta espía asegura que logró averiguar el motivo de tanto despliegue y que eso lo llevó a un nombre clave: el Negro Tom o, el tío Tom. Sus fuentes son inobjetables: había seducido y convertido en su amante al jefe yanqui. El tipo le reveló el motivo por el cual era tan importante el Negro Tom, se sospechaba que tenía en su poder documentos de un rey inglés del siglo diecinueve y papeles muy importantes que había recibido de la propia mano del Che Guevara. Tal vez el dato erróneo que tengo es el que vincula el alias del negro con Tomás Quino, información que está en archivos del Departamento de Inteligencia y Enlace que fueron recientemente desclasificados y entregados a la comisión investigadora sobre detenidos desaparecidos.

Tomás no puede evitar una sonrisa pícara. Sin embargo, desentendiéndose de la alusión del periodista, preguntó:

— ¿Sabés por qué a mí no me limpiaron? Tal vez esos documentos explican por qué no me mataron. Es la gran pregunta de mi vida. Si no dejaron vivo a ninguno de los que consideraban peligrosos por sus convicciones o por sus virtudes como luchadores, ¿en qué me equivoqué, que nunca intentaron matarme? ¿Por qué dejé de ser importante para ellos? Si no tuvieron reparos en matar hasta al coronel Trabal, en París, ¿por qué a mí no?

— Eso no puedo responderlo. Tal vez se dieron cuenta de que no había ningún testamento del rey inglés, o que ya no tenías en tu poder los escritos del Che.

— Es muy probable. Pero si no puedes responder a esa pregunta, creo que esta entrevista ha culminado. No hay nada más para hablar.

Se produce un intenso silencio. Rodrigo no protesta. Sólo toma su grabador y se retira sin saludar.

Capítulo XV

Tomás está escribiendo en la situación habitual. En su porte se evidencia el deterioro físico y espiritual provocado por la enfermedad. Entra su nieto corriendo, vestido con un equipo de futbolista, y parece que se le va a tirar encima. Repentinamente, como si de pronto recordara algo, se detiene y se acerca lentamente.

— Hola, abuelo. ¿Cómo estás hoy?

— Mejor. Creo que hacen falta más enfermedades terminales para liquidar a este viejo. ¿Y tú? ¿Qué haces? ¿Cómo andas?

— Vengo de la práctica. Hoy empatamos con los de la tercera, que son más grandes. El domingo, si ganamos, quedamos primeros. ¿Podrás ir a vernos dar la vuelta olímpica, Tomás?

— Si puedo, tú sabes que no voy a faltar.

— Si me dedico a jugar al fútbol, ¿te parece que puedo llegar a ser un revolucionario victorioso abuelo?

Tomás ríe. Escribe una última palabra en su cuaderno y después lo cierra.

— ¿De dónde sacaste ese vocabulario, Antonio?

— Mamá me pidió que le cuente todo lo que hablemos cuando me quieras enseñar cómo ser un revolucionario victorioso. Creo que sé lo que eso significa, pero no estoy muy seguro. ¿Quiénes han sido revolucionarios victoriosos?

— ¡Uhh! Muy poca gente. El Che, Lenin, Trotski y algún otro que ahora no me acuerdo. Los contamos con los dedos de una mano...

— A todos ellos los mataron, ¿verdad? ¿Cómo se puede ser victorioso si terminás muerto? Mamá tiene miedo porque piensa que sólo se puede ser revolucionario con fusiles y metralletas. No entiende de política y yo no sé explicarme bien. Cuando vos me hablás me queda todo bien clarito, pero cuando tengo que decírselo a otro, no sé cómo hacerme entender.

— ¡Mmm! Bueno, tú sabes que en el mundo siguen mandando nuestros enemigos... Mientras eso pase los revolucionarios victoriosos estarán en peligro, ¿no te parece lógico?

— ¿Y vos, abuelo? ¿Cómo es posible que te dejaran vivo, si seguís igual que cuando eras guerrillero?

— No sé. No hay que exagerar. Ellos no pueden hacer todo lo que quisieran hacer... Lo seguro es que, si te matan, es porque estabas en el buen camino, porque eras un peligro que no podían controlar. Tal vez si te dejan, es para que otros te sigan en el error de sobrevivir a costa de tus ideales…

— Quiero saber toda la historia de Hines, abuelo. Aunque sea mentira es ingeniosa: ¡un príncipe viviendo en Uruguay! — hace una pausa y luego añade — ¿También me vas a seguir contando de

Alberto Clavijo, abuelo? Me dijiste que vos estás vivo porque él sacrificó su vida por vos. Eso es lo que me querías contar, que tuviste un golpe de suerte que te dio el *match point* porque Clavijo metió su mano y torció la del destino.

— Buena frase, mi amigo. Podés patear una pelota como Maradona y componer un verso como Vallejo, ¿serás un revolucionario como Lenin o como el Che?

— No sé si quiero ser un revolucionario. No me parece divertido hacer que me maten al pedo.

— Estoy de acuerdo... Nadie quiso, ni quiere morirse al santo botón. Lo que yo quiero decir es que si eres un auténtico revolucionario, ni siquiera la muerte es al pedo. Morirse tiene otro significado. Y la vida lo tiene aún más... — suspira y hace una pausa que no es interrumpida por el nieto — Al pedo es morirse por un cáncer o un infarto, como me voy a morir yo, ¿entiendes? En fin, dejemos eso, no perdamos el tiempo hablando pavadas. ¿Quieres que te cuente cómo conocí a Alberto Clavijo?

Capítulo XVI

Alberto está absorto contemplando por la ventana desde la que se ve la imagen de una bellísima zona de la ciudad de Buenos Aires. Lucía duerme sola en una cama de dos plazas. Es una habitación modesta donde se destaca una biblioteca. En una pared hay un póster de Pink Floyd, y un afiche de la película Barry Lyndon. Sobre una mesa pequeña en un rincón hay un tocadiscos y algunos discos de vinilo: Los Olimareños, Zitarroza, Paco Ibáñez, Mozart y algunos de Jazz. Tal vez alguien pudiera deducir que estamos en el setenta y seis sin necesidad de mirar el almanaque donde Alberto anota en clave algunos acontecimientos importantes de su vida y de la historia.

Sale de la habitación y vuelve con una bandeja en la que transporta el desayuno: dos tazas de café con leche, tostadas, manteca, mermelada de fruta y un par de utensilios para untarlas. En una esquina hay un periódico doblado. Coloca la bandeja en el espacio que ella deja libre en la zona de los pies y se sienta a su lado sobre la almohada. La despierta con un beso.

— No permitas que el desayuno se enfríe, *anamkara*. Tampoco me digas que estás cansada. — Mete las manos bajo las sábanas. Ella se aparta riendo, sacudiéndose convulsivamente como alguien a quien le hacen cosquillas — Hoy te toca cocinar, nena. El domingo pasado comimos mi paella, así que hoy tendrás que esmerarte con alguna especialidad, porque no me conformaré con una chuleta y un par de huevos fritos.

— Dejate de romper las bolas. Todavía es temprano, no son ni las diez.

— Entonces. ¿me llevo el desayuno y el diario?

— Si querés, llevátelo… supongo que tu café estará asqueroso como siempre… Pero dejame el diario que lo voy a leer cuando te vayas y no te quedes mirándome las tetas…

— Me llevo todo. Me ofendiste. Me voy a desayunar en la cocina y me llevo el periódico. Vos dormí, así no se te quema la comida después... como siempre

Alberto se levanta y va a retirar la bandeja pero Lucía se lo impide. Luego toma la taza de café y el periódico. En este proceso se le ve el busto, pero ella se sienta rápidamente y se cubre con la sábana. Como tiene que dejar el impreso para cubrirse, Alberto lo toma y se pone fuera de su alcance. Toma también su taza de café y se sienta en una silla a los pies de la cama. Lucía hace un gesto de enojo y se tapa hasta la cabeza

— ¡Qué increíble! ¿Será efecto de la dictadura?

— ¿El qué?

— No se dice el qué, nena. Con ¿qué? alcanza.

— Seguro. Él tiene que estar corrigiendo siempre. El sabihondo.

— Es un vicio. En realidad me gusta tu manera de hablar,... como guarda de CUCTSA... Lo que te quería comentar es que, por primera vez en la historia, en Uruguay salió campeón un cuadro chico:

Defensor. El Cabeza debe estar en un pedo corrido,

Hace una pausa y se queda unos instantes callado mientras algo como una sombra cruza por su mirada.

— Si no lo agarraron… ¡andá a saber! Hay un pueblo en cana.

— ¿Por qué no dejas la página deportiva y te fijás si hay noticias de los asesinatos. Los que están en cana son los que han tenido suerte, estos gorilas están matando gente a troche y moche. Si las cosas siguen así nos vamos a tener que ir de Argentina. Los aparatos represivos están abocados en una política de exterminio total. Es como si alguien hubiera soltado todos los demonios.

— ¿Por qué te pensás que miro primero los deportes? Cada vez que leo las otras noticias me entero de alguna nueva infamia que me hace arder la sangre. No gano nada con demorar en enterarme, pero necesito mirar los resultados del fútbol e imaginarme los comentarios que haría cada uno de los muchachos… Eso me da la ilusión de que todavía queda algo para rescatar, de que un día nos vamos a volver a reunir en el boliche y vamos a poder discutir de política como antes...

— A veces los sueños pueden tener consecuencias mortales, Alberto. Yo, lo único que puedo tener, son pesadillas donde me persiguen los Falcon verdes.

— No nos pongamos fúnebres, che. ¿Querés que apronte un mate? Después de mandarme estos desayunos me entra la culpa por dejarme estar comiendo la cabeza por la sociedad de consumo... Tomá, leélo vos y después me contás

Alberto extiende el diario a Lucía. En ese momento suena el teléfono. Lucía se sobresalta. Alberto deja caer el diario sobre la cama y corre hacia la mesa que está contra la ventana, donde se halla el teléfono. Levanta el tubo.

— Familia Bordaberry-Pacheco, diga.

Alberto hace una pausa, mientras parece escuchar. Su rostro se descompone en una mueca y su mano evidencia un leve temblor que se incrementa a medida que escucha. Sólo dice "sí" cada tanto para que su interlocutor sepa que lo sigue escuchando. Después de un breve período responde una última frase y cuelga el teléfono.

— Entiendo… entiendo… Cuídate mucho… Que tengas suerte… Tengo los teléfonos y las direcciones, no te preocupes. Gracias, muchas gracias.

Después de colgar, permanece unos instantes en silencio, como atontado, como un hombre que ha recibido un golpe muy fuerte. Luego se mueve muy rápidamente, pero con movimientos torpes, de alguien que ha perdido el control. Comienza a hurgar en el ropero y saca su mochila y una campera de *jean*. Mientras actúa, le habla a Lucía. Esta, sin preguntar demasiado también comienza a vestirse.

— Los gorilas de los Falcon han secuestrado a Ramiro

Cómo habían previsto y sin dialogar, Alberto y Lucía se preparan para huir antes de que lleguen los gorilas del Falcon verde. Buscan en los armarios ropas y algunos papeles y los guardan en sus mochilas.

— Ramiro ha sido secuestrado en la salida del subte de la Estación

Constitución. Salomón dice que es muy probable que ya estén saliendo para acá. Tenemos que irnos lo más rápido que podamos y buscar asilo en la embajada de México.

— No creo que podamos llegar a la de México. Iremos a lo Pedemonte y él nos conseguirá una limusina. Entraremos en el baúl a la embajada sueca.

— Creo que debemos intentar lo de México primero. Si están interceptando el paso, lo sabremos si vamos en taxi y pasamos por la esquina. No van a detener a todos los vehículos, sólo a los que quieran entrar.

— Vamos a ir separados. No dejes de usar el arma si es necesario.

— Creo que lo haré. Vamos.

Salen del dormitorio hacia el comedor y Alberto busca en un cajón de uno de los armarios. Saca un revólver, lo examina y lo guarda en la mochila entre sus ropas. Simultáneamente Lucía ha tomado de un estante una pistola automática. La guarda en un bolsillo interior de su campera de jean, luego de examinarla. Salen del apartamento.

Al ver el pasillo despejado corren Hacia el ascensor. Miran hacia todos lados. Luego caminan hacia la salida por un pasillo.

A medida que se acercan a la puerta principal caminan con mayor cautela. Cuando están cerca de la puerta irrumpen cuatro hombres vestidos de trajes oscuros portando fusiles—ametralladoras.

El líder de los secuestradores grita:

— ¿Adónde van? **Quedensén** donde están.

Alberto se molesta consigo por sentir la tentación de corregir el error del otro y se queda callado. Lucía responde con acento que pretende ser mexicano.

— Pos... lo que usted diga, señor. No estábamos haciendo nada malo, señor. Ahorita mismo le muestro mis documentos, señor. Somos turistas de Chupitenango... Vamos a nuestra embajada por unos papeles...

Mientras habla, Lucía deja la mochila en el suelo. Luego abre con la mano izquierda la campera de *jean* y mete dentro la mano derecha. Ha quedado enfrentando a los hombres dándoles el hombro izquierdo y por ello dispara sin sacar la pistola. Al disparar se arroja al suelo y grita.

— ¡Al suelo!

Dos hombres caen heridos, pero los otros dos acribillan a Lucía. Alberto, que por unos momentos ha quedado paralizado, corre hacia ella y trata de abrazarla. Uno de los hombres ilesos se le acerca por la espalda y lo derriba de un culatazo. Alberto se desmaya. El silencio duele en los oídos durante unos segundos interminables.

El hombre de traje oscuro se sacude un polvo imaginario del saco.

— ¡Hijos de siete mil putas! Ahora las vas a pagar, maricón...

Apunta el arma hacia Alberto, pero el otro hombre lo detiene.

— Dejalo. Tenemos que llevarnos uno vivo. Todavía hay que encontrar algunas piecitas del rompecabezas.

Capítulo XVII

La noche ha llegado a la casona y el comedor queda a oscuras hasta que alguien enciende una bombilla muy tenue que deja la habitación en penumbras.

Dos hombres de traje oscuro se pasean ante una puerta. Pasados unos momentos sale un hombre vestido con bata blanca, con actitud arrogante. Se aproxima a los dos hombres y les habla:

— No se va a morir por ahora. – hace una pausa mientras se quita y se limpia los anteojos — De todos modos no van a poder aplicarle ningún **tratamiento** — marca la pronunciación de esta palabra — por unos días, hasta que yo lo vea de nuevo... – una nueva pausa mientras vuelve a colocarse los lentes — A no ser que quieran matarlo... Para eso bastaría con apretarle la cabeza... tiene una peligrosa fractura de cráneo.

Los hombres de traje oscuro se encojen de hombros.

— ¿Sí? ¿Tenemos que tratarlo con guantes de seda?

— Tendremos paciencia. No se preocupe, doctor. Lo deja en buenas manos — dirigiéndose al otro hombre de traje oscuro — ¿Me invitas a un café?

— Claro.

Se alejan en silencio. Pasados unos momentos, dos hombres con guardapolvos blancos salen de la misma puerta que el médico. Transportan una camilla en la que está Alberto acostado, dormido, con vendajes en la cabeza.

— ¿Dónde lo llevamos, señor?

El hombre de traje oscuro grita desde la puerta de la cocina.

— Por esta noche déjenlo en la habitación de enfermería y mañana temprano llévenlo con Tomás. Lo vamos a ablandar contagiándolo con su locura... Será divertido y científico ver cómo se las

arregla para salvarnos del fin del mundo...
– se ríe.

Los enfermeros se alejan con la camilla hacia una puerta que se ve al fondo de un pasillo. El otro hombre de traje oscuro los contempla por sobre el hombro de su compañero, mientras continúa saboreando un café y fumando un cigarrillo.

*　*　*

En el sótano de la casona unos rayos de sol que invaden por un tragaluz anuncian el amanecer.

Los enfermeros entran a una habitación en la que yace un hombre dormido sobre una cama construida con una plancha de hormigón. Retiran a Clavijo de la camilla en la que lo transportaban y lo depositan en otra cama idéntica, sobre la que hay una manta. Lo dejan y se retiran. El hombre dormido es Tomás, con treinta años menos. Cuando los enfermeros se retiran, Tomás se arrastra hasta la cama de Alberto y lo examina. Su aspecto evidencia que ha sido cruelmente torturado.

— Te han roto el coco, compañero. Y te mandaron para que el loco Tomás te enloquezca. Por unos días te vas a salvar de la tortura.

— Conmigo no tienes que fingir. No soy un trucho responde Alberto, incorporándose.

— Ya me di cuenta, esa hendidura en el cráneo no se puede fingir fácilmente. ¿Qué te han hecho?

Alberto sonríe con una mueca triste.

— Se les fue la mano con los somníferos — sus ojos se contraen y su rostro se deforma por un llanto contenido — Pero mataron a mi compañera los cerdos malditos...

Tomás sacude la cabeza, pero un gesto de dolor le desfigura las facciones. Queda unos momentos retorciéndose de dolor. Alberto permanece mirándolo en silencio.

Cuando Tomás se calma y se incorpora levemente, Alberto lo interroga.

— ¿Qué clase de loco sos?

— El más fácil de fingir. Y el que más impresiona a los creyentes. Soy un sectario, un fanático religioso que los amenaza con el infierno y el fin del mundo — desde la cucheta, mirando hacia el techo — Eso me permite insultarlos de vez en cuando, pero igual tengo que atenerme a las consecuencias, como habrás notado. Algunas veces los he convencido de que quiero ser castigado y no por eso dejan de darme el gusto...

Alberto responde desde su cucheta, mirando a Tomás.

— Debes de tener mucha fe para soportarlo ¿no? Fingir y no quebrarse, actuar y no creerse el papel... Es un juego muy peligroso. Sin duda, eres un hombre de profundas convicciones.

— Tú hablas como todos los nuevos. Yo soy un veterano en esto... y te digo que no es ningún mérito... Somos humanos y tenemos límites. Ellos lo saben y esperan. A los que no pueden quebrar por el miedo, ni el dolor... esperan a conocerlo bien hasta que se revele su talón de Aquiles. Tal vez el recuerdo de un hijo, o la vergüenza de la vez que te ensuciaste la ropa cuando eras niño, o cualquier detalle que pueda abrir una brecha en la coraza...

Alberto se pone de pie.

— ¡No predigas que pueden vencerte! Si lo haces te condicionarás a cumplir tu profecía...

— Es que ya saben que no podrán derrotarme. Y creo que cuando tengan la absoluta certeza estará firmada mi sentencia de muerte

— No permitas que se lo crean. Dales alguna expectativa

— ¿Qué crees que es lo que estoy haciendo? A veces regreso a mi estado de cordura y pido por mis seres queridos. Pero, porque no saben cómo quebrarme, se tranquilizan moliéndome a palos. Así es que estoy como me ves. Escupiendo sangre, costillas fracturadas, el fémur derecho partido en dos lugares, los órganos más delicados convertidos en relleno de empanadas... — suspira e intenta, sin erguirse, girar el rostro para mirar a Alberto.

— En fin, a veces, lo que te vence es el cansancio, querés que todo termine de una vez... Querés solamente tirarte a descansar...

— Tu mente castiga a tu cuerpo porque no puede soportar el dolor que éste le transmite, pero nada es real si tú no quieres. ¿Sabes lo que hacen en la India? Atan a los elefantes, cuando son recién nacidos, a una ramita corta con una cuerda fina… Cuando crecen, si los atás con cadenas a un árbol, o arrancan el árbol o rompen las cadenas… Pero se quedan quietitos si los atas a una ramita corta con una cuerda fina… ¿Entendés? Hace unos días, estaba en mi apartamento, preparándole el desayuno a mi compañera. Hoy estoy con el cráneo partido y ella está muerta. No puedo ponerme a llorarla, ni tengo derecho a dejarme caer: no me pertenezco totalmente, soy parte de muchas redes que pueden ser destruidas si yo caigo… No existe el dolor en mi mundo de hoy, ni el cansancio… He llegado al paraíso…

— Estás realmente loco compañero… Estoy en el milésimo paraíso que ellos han destruido. Pero vos podés ser mi solución… — hace una pausa y Alberto aguarda sus palabras en silencio.

— Creo que vos podés entender. No puedo seguir vivo. Tenés que matarme porque yo ya no tengo fuerzas para hacerlo. No puedo darme el lujo de caer ahora y hacer inútil esta resistencia y poner en peligro a otros.

— Entiendo... Racionalmente soy capaz de comprender y aprobar lo que propones, pero no sé si estoy preparado anímicamente... En criollo, no sé si me dan los güevos, hermano...

— No podés negarte, es tu deber, hermano. Es tu misión revolucionaria de hoy, matar a este desecho humano y salvar lo que se pueda salvar

Tomás levanta la mano hacia el rostro de Alberto. Alberto se arrodilla a su lado y lo mira. Toma la mano de Tomás y la lleva de nuevo al costado de su cuerpo. Aproxima sus dos manos a su cuello y lo toma suavemente, pero quedando en la posición de poder apretar hasta ahorcarlo.

— No puedo... Hay algo que me impide hacerlo... Creo que todavía podés salir de esta, hermano. No voy a poder servirte como esa solución, pero... — hace una pausa. Ahora es Tomás que aguarda sus palabras en silencio, tratando de convertir la mueca que desfigura su rostro en una sonrisa.

Alberto continúa.

— Te voy a contar una historia. La historia de cuando el rey de Inglaterra se hizo uruguayo y venció así al Imperio Británico. Y de que hay que morirse sólo si es absolutamente necesario para la causa – se intenta reír.

— Esta historia me la contó uno de los hombres que sacrificó su vida para que pudiera escaparme a la Argentina. Comienza en el siglo XVIII, cuando el hijo del rey Jorge III, el loco, tuvo unos amoríos con una plebeya…

Con mucha elocuencia Alberto narra las vicisitudes de la vida de Michael Hynes hasta el momento en que se pelea con su padre.

Capítulo XVIII

El príncipe Jorge está sentado detrás de un enorme escritorio. Entra un lacayo seguido de John Parrish Robertson, de unos veinticinco años.

El lacayo anuncia solemnemente, sin dejar de usar un leve tono irónico al pronunciar "señor".

— El señor John Parrish Robertson, Alteza

El príncipe hace un gesto de asentimiento y el lacayo se retira.

— Toma asiento, John. ¿Cómo ha sido tu viaje?

Parrish sigue de pie, mostrando ansiedad y temor.

— El viaje ha sido normal, Alteza, pero no tengo un solo recuerdo para contarle. Al enterarme de lo que estaba ocurriendo he estado muy preocupado… No he podido comprender cómo pudo ocurrir… qué fue lo que falló… No estaba como para disfrutar del paisaje…

— De verdad que deberías estar preocupado, Parrish… Si yo fuera Atila o Gengis Khan, estaría mirando la expresión de tus ojos en tu cabeza cortada… Tenías la sencilla misión de vigilar a un adolescente y velar por su vida y… ¿qué has hecho?

— Fue un grave error, Alteza. No preví que el joven se atreviera a viajar solo a Londres.

— ¡Pero lo hizo y me encontró! ¡Habló conmigo en un lugar donde no quería que me viera! Y en una situación no muy agradable.

— Es que... no era previsible... En realidad, yo...

— ¡Ya, ya, ya! ¡Basta! No quiero más excusas. El motivo por el cual estás acá no es permitirte que te justifiques. Te daré otra oportunidad. Pero tendrás que embarcarte. Preséntate mañana ante Lord Stewart...

— Gracias, señor. Muchas gracias, su Alteza.

Hace un gesto como para agregar algo, pero se calla y se retira. El príncipe busca entre lo papeles que hay sobre su escritorio. Entra por una puerta diferente de la que Parrish empleara, Sir Robert Stewart, el ministro de Guerra, de unos treinta y siete años, muy elegante

— ¿Tiene alguna vinculación su conversación con este señor con el motivo de que me haya invitado. Alteza?

— Por supuesto, Robert... Pero... ponte cómodo... ¿Quieres una copa?

El príncipe hace sonar una campana y aparece un lacayo.

— ¿Un *brandy*?

— Si no es coñac... Tengo cierta repulsión por todo lo francés...

El príncipe Jorge, hablándole al lacayo sin mirarlo.

— Tráenos del *brandy* de ciruela

Stewart hace un gesto resignado y se encoge de hombros.

— Mientras no tenga veneno... — se ríe de su mala broma — Supongo, Alteza, que no me habrá invitado para que pruebe su *brandy* de ciruela, ¿verdad? Debe considerarme un traidor por haber abandonado a sus amigos liberales.

— El brandy me lo han regalado unos amigos griegos... y no es cierto... No creo que los medios empleados afecten negativamente a los fines... y si no hubieras actuado como lo hiciste, yo no estaría ahora hablando con el Ministro de Guerra y de las Colonias, el vizconde de Castlereagh

— Mis fines siempre han sido uno solo, Alteza, el de encontrar el mejor lugar donde servir a la Corona, señor

— Pues quiero pedirte un enorme servicio para la corona, estimado Sir Robert, necesito que incluyas, en esas levas que se están haciendo, a dos jóvenes que han venido desde Irlanda.

El ministro Stewart hace un ademán que evidencia su intención de hablar pero el príncipe lo detiene con un gesto.

— Tendrás que emplearlos en la conquista de esas nuevas colonias de América del Sur... Espero que esta conquista sirva para recuperarnos de la pérdida de la América del Norte que mi padre no supiera conservar...

Entra el lacayo con una bandeja en la que transporta una botella y dos vasos. Escancia el licor, entrega sendos vasos a los dialogantes y se retira. El príncipe, que ha dejado de hablar mientras el lacayo servía, parece concentrarse en juguetear con un mate insertado en una bombilla. Cuando quedan solos prosigue:

— Espero que esta nueva guerra nos reporte algo más que estas vasijas que los indígenas utilizan para beber sus brebajes

Le entrega el mate a Stewart y bebe un trago.

— No esperamos encontrar oro, ni minerales, Alteza. Si hubiera, ya lo habrían saqueado los españoles… Usted sabe que yo me he opuesto a esta guerra, señor, que hubiera preferido la diplomacia y el comercio… Sin embargo, creo que lograremos…

— No quiero una explicación de nuestra política exterior, Robert. Sólo quiero esos jóvenes en el ejército, embarcados, y quiero protección especial para sus vidas…

— ¿Protección especial? Pero… Alteza…

El Príncipe hace un gesto como para indicar que su interlocutor no debe hacer preguntas, pero que sabe de qué se está hablando.

— Entiendo, Alteza, será protegido como si fuera un heredero de la corona. No deberá preocuparse de nada. Lo cuidaremos, señor.

— Gracias, vizconde Castlereagh. De todos modos, creo que debe tener en cuenta que este es un pedido personal, señor ministro Stewart. Es un favor que, en su momento pagaré, mi estimado Robert. También te agradezco tu discreción por no interferir con los servicios que me prestan algunos de los hombres bajo tu mando, como Parish...

El ministro, que camina hacia la puerta, se vuelve para responder al príncipe, pero se calla al ver la sonrisa irónica de éste.

Capítulo XIX

Alberto sonríe mientras hace una pausa en su relato. Tomás lo está mirando con gran expectativa.

— Tengo que contarte todo lo que me contó el campesino de Colonia.

— Es que sé algo de historia y me suena el nombre de Parish Robertson.

— Era uno de varios hermanos ingleses que trabajaban para el Foreign Office y comerciaban por estas tierras allá por comienzos del siglo diecinueve...

— Cuéntame que pasó con este inglesito que su padre mandó a pelear al Río de la Plata. Después me explicas lo que te dijo ese campesino sobre su nacimiento.

— Es una historia rara. En Buenos Aires estuve ante la Iglesia donde fue abatido el inglés. Era la Iglesia de San Miguel Arcángel. No es casualidad que Jorge O'Connors perdiera allí su nombre y su apellido. Desde ese momento, le llamaron Miguel. Y de apellido le quedó Hines, que es una deformación del vocablo inglés Highness, Alteza.

— Pero, ¿dónde está la gracia de la historia si el inglés murió?

— ¿Qué importancia tiene haberse muerto en 1807 o después? ¿Te parece que estaría vivo ahora, si nació en el año de la Revolución Francesa?

— Claro que estaría muerto igual, pero para la historia, para el cuento que me quieres hacer no es lo mismo. Y no sería la misma moraleja…

— Veo que me estás siguiendo para donde quiero llevarte. Está bien, como te iba contando, el joven O'Connors fue reclutado a la fuerza y fue embarcado en la flota inglesa que invadió el Río de la Plata en 1807. Estaba en el regimiento 71, en la Brigada del General Lumley que contaba con un ala izquierda cuya quinta columna estaba al mando del Teniente Coronel Duff. Él fue quien designó a dos soldados para proteger a Hines, uno de ellos fue el que gritó... eso después te lo cuento. Todo esto último no me lo contó el campesino, son datos que yo he recogido acá en Buenos Aires.

— ¿Qué te dio por investigar sobre la historia de este hijo ilegítimo de un rey inglés que ninguno de los historiadores menciona?

— Porque creo que hizo algo maravilloso... Pero déjame contarte la historia.

Tomás hace un gesto de asentimiento. Alberto se coloca las manos tras la cabeza y se recuesta a la pared sobre la cucheta.

Después continúa con su relato.

— El regimiento de O'Connors avanza por la calle de la Piedad hacia la iglesia de San Miguel Arcángel.

Capítulo XX

Un grupo de soldados de casacas rojas avanza por la Calle de la Piedad ante la fachada de la iglesia bajo una lluvia de objetos arrojados desde las casas. Caen muchos abatidos por balazos.

— Cuando Duff ordena la retirada, según cuenta la leyenda, corrieron hacia la calle Maipú. Pero el joven O'Connors queda rezagado y trata de volver y refugiarse en la Iglesia – explica Alberto.

Si imaginamos lo que Alberto narra podríamos ver cuando el soldado O'Connors corre hacia la iglesia, un esclavo negro lo sigue, armado con un cuchillo. Cuando el esclavo esta a punto de atacar, otro de los soldados regresa sobre sus pasos buscando a O'Connors. Grita para alertarlo sobre el peligro

— ¡Highness! ¡ My highness!

O'Connors se vuelve y puede esquivar la puñalada, que en vez del vientre, recibe en la pierna. Un disparo desde una azotea derriba al soldado inglés. Desde la misma azotea se asoma una adolescente que grita:

— ¡Benito! ¡No lo hagas! ¡No lo mates! ¡No lo mates, Benito, porque yo te mato!

El esclavo obedece. El soldado O'Connors ha caído frente a la iglesia y trata de arrastrarse. Se toma la pierna con ambas manos para contener la sangre. Queda semiinconsciente. El esclavo lo alza en brazos y lo lleva hasta la casa.

El esclavo entra y deja al joven herido sobre un sillón. Enseguida es rodeado por un grupo de seis mujeres de diferentes edades.

— En este punto del relato – explica Alberto — sigo una versión diferente de la del campesino Jourdan, me guío por un fragmento de la novela "Sobre héroes y tumbas" de Ernesto Sábato. "Allí las mujeres le hicieron la primera cura, mientras llegaba el doctor Argerich"

Al ver al joven inglés una mujer mayor exclama:

— ¡Pero si es un niño! ¡Si no parece tener ni diecisiete años! ¡Pero qué temeridá!

— El nombre de la señora, según Sábato, era misia Trinidad.

En el sótano de la casona Alberto está sentado en la cucheta y Tomás lo contempla con la boca abierta.

— En lo que Sábato puede estar equivocado es en la relación que tuvo Hines, vamos a llamarlo así desde ahora, con su joven salvadora: no se enamoraron ni se casaron. Hay otros que dicen que sí. Creo que estos últimos dicen la verdad

— ¿Cómo sabes que tienes razón? Porque ocurrió hace tanto tiempo.

— Me voy a guiar por mi intuición histórica y por la poética de Aristóteles. Además, hay algunos documentos que he leído. Esta investigación se convirtió en una misión para mí. Creo que es una de las más humillantes derrotas que padeció el imperio británico y por eso he buscado datos por todos lados. Creo que en esta historia se esconde la clave para lograr la victoria final contra todo imperialismo...

— Estás delirando...

— Tal vez, pero si miras a tu alrededor verás que la vida es una sucesión de delirios...

— Si me cuentas toda la historia, tal vez pueda entenderte...

— Está bien. ¿Te imaginas esta escena? En medio de una batalla que fue bastante sangrienta, un grupo de mujeres decide salvar a un soldado enemigo. ¿Será posible que una de las jóvenes se haya sentido tan atraída por el inglesito que se propusiera salvarle la vida? Creo que es plausible, pero lo que no llego a entender es cual hubiera sido la actitud de la familia.

— Tal vez la joven no estaba viviendo con su familia, ¿no es posible?

— ¡Brillante idea, hermano! Creo que eso explicaría muchas cosas.

— ¿Te parece? Lo dije sin mucha convicción.

— Es la conexión que necesitaba: la niña estaba refugiada en Buenos Aires porque los ingleses habían ocupado Montevideo. Quizás se temía que trataran de apoderarse de Colonia del Sacramento, o tal vez la familia había decidido colaborar con la resistencia a la invasión... Pero es muy probable que estuviera temporalmente en la casa...

— ¿No te parece muy arriesgado llevar a una jovencita a un lugar donde habrá de producirse una batalla? ¿Qué padres...?

— Espera... Es muy lógico... La familia ha estado procurando huir a la guerra, pero la guerra la ha perseguido sin darles tiempo de corregir sus decisiones...

Alberto se pasea por la celda mientras reflexiona en voz alta y acompaña sus cavilaciones con ademanes.

— Los ingleses invadieron y conquistaron Buenos Aires... Luego los montevideanos envían al francés Liniers y reconquistan la ciudad... Los ingleses se rearman y refuerzan su ejército y su flota y toman Montevideo. Controlan la ciudad pero no logran dominar el territorio... Si vives en una pequeña ciudad entre Montevideo y Buenos Aires y hay una inmensa flota en la zona, tratarás de refugiar a tu familia en el lugar liberado que presente más posibilidades de poder defenderse... ¿Qué te parece esta hipótesis?

— Puede ser creíble si existe la muchacha correcta... y las familias adecuadas...

— Ahora lo tengo claro… Te puedo seguir contando…

Capítulo XXI

En la oficina de reactivación de expedientes del CFR Alex está sirviendo el contenido de una cafetera. Rodrigo busca entre un montón de papeles. Se levanta y revisa en un mueble y extrae de un cajón una carpeta de color celeste.

— Acá está, Alex. Este es el expediente sobre el inglés. Por la curiosidad del coronel Lemes se produjo la única fuga exitosa en los años difíciles...

— ¿No hubo varias fugas?

— Esas fueron cuando todavía se estaba en la etapa de preparación del experimento... Cuando este estaba en pleno desarrollo sólo hubo este pequeño percance, pero fue suficiente para que todo fuera un fracaso...

— Una pequeña falla y ¿todo se fue al carajo?

— Así es...

Alex toma la carpeta que Rodrigo ha dejado sobre el escritorio y la abre con un gesto de incredulidad. Extrae una hoja y la lee por unos momentos. Luego se levanta y señala algo con el dedo.

— Entonces, según este informe, existía una conspiración tupamara para revelar secretos de las intervenciones inglesas en los orígenes de nuestra nación. Secretos que llegaban a nuestros días...

— Eso fue un delirio del mayor para justificar esta absurda operación. Sin embargo, él decía que esto iba a refutar para siempre al marxismo… En ese momento esto era un buen argumento…

— Mira. Está llegando un fax.

Alex acerca al fax, toma el mensaje lo corta y lo alcanza a Rodrigo sin leerlo. Este toma el papel y lo lee en pocos segundos.

— Tenemos que vigilar a Tomás… y tenemos que informar inmediatamente si logra encontrar lo que busca… Es una buena noticia, por fin tenemos un trabajo interesante…

Capítulo XXII

En el comedor de su casa el abuelo Tomás está escribiendo en una computadora portátil.

Entra su nieto Antonio y se acerca. Le da un beso como saludo.

— Hay un loco que quiere saber que estás escribiendo, abuelo.

Tomás deja de escribir y se queda mirando a su nieto con una expresión de asombro e incredulidad.

— ¿Qué estás diciendo, Antonio? Estás bromeando, ¿verdad?

— No, un tipo me estuvo conversando de cualquier pavada y después me dijo que se había enterado que eras escritor... Me explicó que él leía mucho, y que le gustaría leer alguno de los libros que hayas publicado... Me pareció bastante falluto y mentiroso, no sé por qué...

— ¿Dónde te encontraste con ese tipo? ¿Alguna vez lo habías visto?

— Sí, lo he visto varias veces en el cyber... Hoy estaba atendiendo el quiosco de la esquina... Hasta el domingo no lo había visto nunca por el barrio. Debe ser nuevo...

Tomás se ríe y sacude la cabeza, hace un gesto repetido de negación con la misma.

— Esto es insólito... No te creo... ¿Qué más te dijo?

— Nada más, no me acuerdo de que me haya dicho nada más – se coloca una mano en el mentón y procura demostrar que está pensando.

— Me dijo que me iba a prestar un libro...

Hace un gesto para demostrar que está tratando de recordar pero su sonrisa irónica indica que está fingiendo.

— Me dijo que me iba a prestar una antología de Jorge Luis Borges para que leyera una historia sobre la escritura del dios

— ¿La escritura del dios? ¿y por qué te habrá dicho eso?

— Debe ser porque yo dije que te ponías muy aburrido cuando te ponías a escribir. Me dijo que te dejara tranquilo y que leyera eso para entenderte... — se encoge de hombros.

— Debe estar medio pirado, creo...

Capítulo XXIII

El joven inglés está inconsciente en el sofá rodeado de mujeres. Tiene una venda improvisada en la pierna y el pantalón cortado en esa zona. La joven que gritara al esclavo le pasa un paño mojado por la frente. Entran cuatro hombres. Tres de ellos sostienen al cuarto que parece inconsciente y herido. Caminan hacia el canapé y cuando advierten que está ocupado por el inglés caminan hacia otro diván. Acuestan al herido sin hablar. Entra un hombre con un maletín de médico. Camina apresuradamente hacia el primer sillón, pero se detiene al ver el uniforme inglés.

— Está bien, doctor. Atiéndalo. Es un enemigo, pero sólo es un niño. Creo que lo de Bermúdez es sólo un rasguño superficial y la pérdida de consciencia. Debe tratar de evitar la hemorragia de este joven.

— Gracias por tu comprensión, tío Gualberto.

— No te preocupes, María. Sé muy bien que estos pobres jovencitos son reclutados a la fuerza por los ingleses y sólo son carne de cañón. Nosotros somos verdaderos cristianos y no debemos mostrarnos tan crueles y feroces como estos herejes.

— El pobre muchacho me dio mucha pena porque se había quedado atrás y corría hacia la iglesia persignándose. El negro Benito lo iba a degollar, pero me dio lástima tío. Además, gritaron su nombre y eso me apenó más. Es fácil matar a alguien desconocido, pero me parece terrible hacerlo con alguien de quien conoces el nombre

— ¿Cómo se llama?

— Se llama Hines. Creo que Michael Hines, porque Michael es el nombre que repite cuando delira... y el soldado inglés le grito "Mai Jaines".

El tío Gualberto sonríe y acaricia la cabeza de María con mucha ternura.

— Eres una persona muy dulce, sobrina. Eres demasiado joven aún. Lamentablemente deberás ver mucha sangre todavía...

El doctor se ha arrodillado junto a Hines y está procediendo a rehacer los vendajes.

Unas horas después el hombre herido se ha recuperado y está sentado en una silla junto al soldado inglés.

— Deben sacarlo de acá y llevarlo con mucho cuidado hasta una cama. Sería bueno que alguien se ocupara de bajarle la temperatura con paños fríos. Es muy joven, se recuperará pronto, pero deberemos estar atentos por una probable gangrena,

— Yo me ocuparé de cuidarlo. Soy la culpable de que tenga que estar en esta casa.

— Yo te ayudaré, hija. Aprovecharemos para charlar, para poder explicarle a tu madre cuando llegue…

Los cuatro hombres se acercan al joven inconsciente y lo alzan con lentitud. Salen con él de la habitación.

Unos días después el joven Hines ya está sentado a la mesa vestido con ropas de civil. Junto a él está María. Misia Trinidad está sentada del otro lado. Frente a los tres está sentado Gualberto y a su lado hay una señora de la misma edad aproximadamente.

— No entiendo por qué me han ayudado — acento inglés, pero pronunciación aceptable en español.

— ¿Cómo hablas tan bien el español? ¿Cómo pudiste hacerlo tan pronto, muchacho?

— Mi familia me pagaba un profesor, él me enseño español y francés además de muchas otras cosas.

— Es muy raro que seas un simple soldado, entonces. Si tu familia gastó en tu educación deberías tener algún rango.

— Es una larga historia... pero no soy un soldado voluntario. Por eso no hice carrera dentro del ejército, mi intención era viajar a las antiguas colonias inglesas de Norte América.

— ¿Cómo te llamas?

— Jo... ¿eh? — el joven vacile y piensa unos instantes.

— Creo que... Me llamo Michael... Michael Hines...

— ¿Sabes por qué tus compatriotas han querido invadirnos?

— Uno de por acá llamado Miranda quiere librarse de los españoles usando a los ingleses – sonríe — Pero creo que el comandante Pophan quiere llevarse un gran tesoro que ustedes tienen bajo custodia antes de que se lo lleven a España...

— Pues, se habrá llevado un gran chasco. Nuestro virrey se ha fugado con todo...

— Si eres un "forzado", aprovecharás esta herida para tener una excusa y poder volver a tu tierra...

— Me llama la atención de que dices "los ingleses" y no dices "nosotros"... ¿no te sientes inglés?

— Es que no lo soy... soy irlandés...

La esposa de Gualberto interviene en el diálogo.

— ¡Ya me parecía! Yo le decía a mi esposo que no parecías uno de esos salvajes...

Michael sonríe y mira a cada uno de sus contertulios.

— Sin embargo, señora, mi padre es inglés. Si usted me ve diferente es porque, tal vez mi madre era francesa. Y la familia que me educó era irlandesa.

— ¡Qué complicada es tu historia, muchacho! ¿Se puede saber?

— Me gustaría guardar silencio sobre algunas cosas, señora... Si no lo toman como una falta de cortesía, quiero tener alguna reserva sobre mi persona. Sería muy complicado explicarles mis motivos, pero...

— Pero faltaba más, Miguel. ¿Te puedo llamar así, verdad?

Hines asiente con la cabeza.

— Ahora sería bueno que nos trajeran la comida... ¿Te ocupas, Manuela?

— Yo le avisaré a ña Encarnación, tío. Enseguida me ocupo

María sale hacia la cocina.

Días después Michael Hines está sentado en el sillón largo donde fuera acostado cuando llegó a la casa. Su pierna herida está apoyada en un cajón. A su lado está sentado Gualberto. Frente a ambos, en una silla está Manuela. Todos tienen sendas tazas de té. Entra María.

— Tío, un general inglés quiere hablar contigo y con Miguel.

— ¿Un general? ¿Qué dices?... Si no es una broma, hazlo pasar.

— Tal vez no sea bueno que me vea...

— Es nuestra casa... No debes temer... no dejaremos que te dañen...

Entra un hombre de unos cuarenta y siete años, con uniforme de general inglés.

— El general Güit—loco

El General Whitelocke sonría al oír la pronunciación de su apellido y aclara:

— Whitelocke, my name is John Whitelocke

— Adelante, General. ¿A qué debemos el honor de su visita? ¿Comprende el castellano?

— I am understand, I comprendo una poco, mi entiendo algo — sonríe forzadamente.

— Vengo para pagar el rescate… Quiero libertar el prisionero…

Gualberto mira a Michael. Luego responde mirando al General a la cara.

— En esta casa no hay ningún prisionero… Creo que le han informado mal, señor. El señor Hines es nuestro invitado y podrá marcharse de esta casa cuando pueda moverse por sus propios medios…

— ¿Highness? ¡oh, sí! El General pasa de un gesto de asombro a fingir una súbita comprensión.

— El señor Hines... Me habían dicho otra nombre... Nosotros nos podemos ayudarlo... Podemos transportarlo... El General Liniers nos ha concedido una carruaje y una custodia personal.

— No entiendo tanta molestia por un simple soldado. General, ¿está seguro de que ha encontrado al hombre correcto?

— ¿Correcto? ¡Oh sí! Es el hombre correcta, sí. No tiene la mismo apellido, pero sí, es Highness, Your Highness — vuelve a reír forzadamente.

— Entiendo, lo llevaremos a una barco con ours... nuestros médicos

— El joven es libre y puede irse cuando quiera...

— El soldado tiene una compromiso con el ejército imperial de su majestad, Your Highness, el rey Jorge Tercero

— Puede considerarme un desertor, General, no voy a volver con usted.

— ¿Desertor? No estamos... no somos para detenerte... No es nuestra... intensión. Si te acusáramos, sabes cuál es la pena.

— Si negarme a regresar será considerado deserción, General, puede llamarme de esa manera. Pero sólo he recuperado la libertad de la que había sido despojado…

— Really … En realidad, yo… No tengo autoridad para obligarte, joven… Sólo cumplo órdenes de las más altas… Tú me entiendes, ¿verdad?

— Debe informar mi decisión a sus mandantes, General. Dígales que sólo podrán llevarme si primero me matan…

— Si nos necesitas, muchacho, sabes que puedes contar con nosotros. Le diré a mi amigo Martín de Alzaga que interceda por ti. Hemos logrado recuperar Montevideo…

— Bien, señores. Creo que debo marcharme. El príncipe será informado debidamente, señor Hines. Your Highness will know that you are Hines.

— Ha sido un honor, General

— Buenos tardes, señores. Buenos tardes, señora

El general sale y el joven inglés puede respirar tranquilo por un tiempo.

Varios días después, el señor Gualberto y su esposa salen de la iglesia de San Miguel Arcángel. Caminan hacia la calle de la Piedad. Es el mismo escenario donde fuera herido Hines. Otra pareja, los señores Ariosto, se aproxima y los saluda,

— ¡Buenos días! ¿Cómo están ustedes? Señor González Zúñiga, ¿cómo está su nuevo hijo adoptivo? ¡Qué raro que no los acompañe!

— Está trabajando en el comercio. Gracias a su ayuda hemos podido venir a la misa.

— ¿Y la joven María? ¿Se quedó a ayudar al inglesito?

— Los padres han venido a buscarla. Se la han llevado a Colonia el jueves pasado. ¡Lloraba la pobre niña!

— ¡Oh, claro! Se había encariñado tanto con ustedes. ¡Cómo no va a extrañar la pobre!

— Con su permiso, señora, Disculpen el apuro, pero Miguel no está todavía totalmente recuperado de la pierna y tenemos que volver para relevarlo. Creo que él también quiere venir a la iglesia.

Últimamente ha estado conversando mucho con el padre Bernardo.

— Hasta luego. Nos vemos más tarde en la plaza. Hoy hay festejos,

— Hasta luego.

— Hasta esta tarde en la plaza.

Las parejas se apartan y siguen su camino

Días después, mientras medita ante su escritorio, el señor Gualberto González recuerda la charla con los Ariosto y sonríe pues cree haber notado una leve chispa de envidia en las miradas.

Mientras busca algo entre unos papeles entra Michael Hines y sacude unas cartas. Después se sienta.

— Mi amigo John Parish me ha escrito. Dice que me ha buscado como loco, pensando que estaba muerto. Él no pudo embarcarse porque se disparó accidentalmente en un pie. ¿Lo habrá hecho a propósito para evitarse los peligros de la batalla? El muy ladino es capaz…

— ¿Es tu amigo de la infancia?

— No, el pobre John Farland no está en las listas de bajas, pero no aparece... A Parish lo conocí en Belfast hace muy poco... Antes vivíamos en Dublín, cuando mi... padre vivía. Cuando falleció nos mudamos con una tía de mi madre viuda que vivía en Belfast. Después la tía falleció y, es muy larga y aburrida esa historia...

— ¿Qué te cuenta Parish?

— ¡Oh! Está muy contento de que le haya escrito. Piensa venir muy pronto. Le han parecido muy buenas mis ideas sobre las oportunidades de negocios que hay en estas tierras. Me escribe que trae algo de dinero, que podremos ser socios. Si yo compro algunas lanchas, con un préstamo que él me conseguirá, transportaré las mercancías que él intercambie por la zona del Paraná y del Uruguay.

— Puedes contar conmigo, hijo. Si no puedo prestarte todo lo que necesites para montar una empresa tan ambiciosa como has soñado, puedo salirte de garantía ante algún Banco... Además, dentro de poco tiempo tal vez podamos actuar sin que los españoles nos controlen.

— ¿Qué quiere decir?...

Ante la falta de respuesta de Gualberto y su mirada que buscaba un silencio cómplice, Michael agrega.

— ¿González?

— Tengo el orgullo de haber nacido en estas tierras... Tienes que saber que ahora no te irás de aquí. El hechizo de los indios te hará echar raíces acá

Gualberto se ríe.

— Algún día seremos abono para estos árboles retorcidos y estas flores tan rojas.

Señala a Michael el paisaje que se presenta en la ventana.

— Y también están las otras bellezas naturales, como María

— Cuando tenga mi propia empresa de transporte, después que pague todas mis deudas, compraré unas tierras para invitarla a compartir nuestras vidas...

— No hagas demasiados planes, muchacho. Que no te vaya a pasar como la pastora de Góngora... que no se te caiga la lechera antes de comprar el chancho...

— Tiene razón, don Gualberto – responde Michael riendo — Como siempre, tiene usted mucha razón...

Con estas palabras el joven Hines apoye el mentón en una de sus manos y se queda mirando hacia arriba como soñando despierto.

Capítulo XXIV

En la playa de la agraciada, en costas del río Uruguay, una noche de mil ochocientos y tantos se ve una embarcación pequeña que aparece desde el centro del río y se aproxima a un claro en la orilla. De la misma descienden tres hombres. Uno de ellos es John Parish. Con él viaja Michael Hines. El tercero se parece a Parish pero es unos años más joven. Los tres hombres descienden de la lancha y la arrastran a la orilla dejándola sobre la arena. Hines la asegura a un árbol con una soga. Los otros descargan tres cajas grandes y las dejan escondidas detrás de unos arbustos.

— Chist. Por aquí. Síganme

Se introducen en el monte siguiendo una huella. Hines camina adelante despejando el camino con un machete. Al llegar a un claro aparece la figura silenciosa de un indio. William Parish toma un arcabuz y le apunta. Hines se da vuelta y le hace señas de que debe bajar el arma.

— Tranquilo, William. Es un artigueño. Es de los nuestros.— susurra Hines.

William mira a su hermano y este asiente con la cabeza. William baja el arma y vuelve a guardarla en su cinturón.

El indio hace señas de que lo sigan, Michael realiza un ademán para indicar que todo está bien.

— ¡Come on! Folow him.

Siguen al indio por otra huella hasta que salen del monte. Allí en encuentran cuatro caballos, tres ensillados y una sin arreos. El indio monta en este último y los demás los siguen. Salen todos al galope.

Al amanecer los cuatro jinetes se detienen y desmontan frente a una choza de adobe. Del rancho salen dos indios y un hombre blanco con el uniforme de blandengues.

Los blancos se estrechan la mano mientras los indios saludan elevando su mano a la altura del hombro.

— ¿Han tenido algún problema, señores? – pregunta el uniformado.

— Ninguno, señor. Todo ha sido normal. Quiero presentarles a estos señores. Ellos son los que transportan las armas desde Inglaterra, señor. Quieren presentarle sus respetos al Teniente Coronel Artigas.

— Mucho gusto, mister...

— Alonso y Gutiérrez, señor. Joaquín, pa' los amigos.

— Mucho gusto, señor

— Las cajas están en el lugar acordado, señor. – explica Hines — Sólo tiene que mandar a buscarlas para revisar su contenido. Deseo mucha suerte a su causa, señor

— Son armas de la mejor calidad…

La mirada de reproche que le dirigen los otros, lo deja sin habla.

— Cumplimos con su pedido a conciencia, señor.

— Si gustan arrimarse al fogón, en un rato tendremos un buen asao. Arrimá la ginebra, Venancio. Agasajemos a nuestros invitados.

Tiempo después se desarrolla una escena similar, pero en otro lugar. Son los mismos personajes, pero la acción transcurre en los campos cercanos al Campamento de Purificación.

Los hermanos Parish cabalgan con trote lento hacia un acantonamiento militar. Los acompaña un soldado semidesnudo.

Llegan hasta un grupo de ranchos y allí se detienen y desmontan.

El soldado los guía hasta un fogón.

— Allí — les ruego que no pongan en duda mi palabra — ¿qué les parece que vi? ¡El Excelentísimo Señor Protector de la mitad del Nuevo Mundo estaba sentado en una cabeza de buey, junto a un fogón encendido en el suelo fangoso de su rancho, comiendo carne del asador y bebiendo ginebra en un cuerno de vaca! Lo rodeaba una docena de oficiales vestidos con ropas gastadas, en posición parecida, y ocupados en la misma tarea que su jefe. Todos fumaban y charlaban ruidosamente.

La escena se desarrolla como la describen las palabras de Parish en el libro que escribiera años después. El General Artigas le alcanza un cuerno con ginebra a Michael Hines. Hines bebe un trago y lo pasa. Los Parish se integran al grupo cortando trozos de asado y comiéndolo con la mano.

— Han llegado tus socios, Miguel. ¿No corres a darles un abrazo? Son fríos como madrugada de julio ustedes, inglés.

— Son socios, no amigos. Y no son de fiar. ¿Cómo cree que consiguen las armas? Para mí son empleados del ministerio de Guerra. Siempre están donde va a ocurrir algo importante. Y todo lo que se habla delante de ellos, lo saben en Londres antes que en el propio país.

El General Artigas se ríe.

— Son tus socios, por suerte no los míos. A veces pasan alguna información interesante — bebe un trago de uno de los cuernos que alguien le alcanza y pega una pitada a su cigarro.

— ¿Vas a cumplir con lo que le prometiste a Andresito? Tenés que tener mucho güevo, inglés. Las iniciaciones de los charrúas no son pa' cualquiera.

— ¿Cómo sabe de mi promesa?

Artigas fuma y sonríe en silencio. Después de un rato comenta:

— Si no supiera todo lo que ocurre a mi alrededor, ¿me seguirían?

Hace un ademán señalando al grupo de hombres y mujeres que los rodean.

— Matan y mueren porque creen en lo que digo, pero yo digo lo que ellos quieren decir y no pueden expresar. Por eso me consultan y me cuentan todo. Somos como un solo hombre, no como viejas chismosas.

Un indio joven se acerca y llama la atención de Hines. El joven inglés se pone de pie y lo sigue

— Buena suerte, inglés Miguel. Por unas horas vas a ser más que rey de Inglaterra – se ríe.

Hines se vuelve con asombro. Luego sonríe y sigue al joven indio.

— Buen provecho, general. Dios lo conserve.

Una semana después los dos hombres se encuentran en el interior del mismo rancho.

En el exterior llueve. Hay una mesa y sillas pero nadie las ocupa. Cuatro hombres están en cuclillas en torno a un pequeño fuego: Artigas, Hines, un oficial blanco y un indio.

— Bueno, inglés. Ha llegado la hora de que sientes cabeza. Es necesario que te afinques. A tu edad, creo que debes.

— ¿Qué bicho le picó, general? ¿A qué viene esto de darme consejos?

— Ahora eres uno de los nuestros, Miguel. Además, estamos amenazados por todos lados y no quiero que te maten. Vos tenés que estar vivo, por las dudas

— ¿Por las dudas de qué, general?

— Por las dudas de que necesitemos ayuda de Inglaterra. Si Brown no me ha mentido, tu padre puede ponerse de nuestro lado. Hace años que es el Regente, ¿sabías?

El joven Hines no responde. Se pone de pie y da vueltas en torno a sí mismo, como borracho.

— No entiendo lo que dice, che general.

— Entiendes todo, che alteza. Si no supieras, ¿por qué tantos nervios?

Hines se sienta nuevamente y mira fijamente a los ojos del General.

— Por ahora lo sabemos unos pocos. Pero me parece que lo saben los Parish y eso…

— No voy a interceder ante ese hombre por nada, aunque se terminara el mundo, don José...

— ¿Ni para salvar al protectorado de los Pueblos Libres?

— Usted no me pediría eso, mi general

— No te lo pediría, no... Pero vos, al ver tantos sueños que se derrumban, ¿no intentarías todo lo que estuviera a tu alcance?

— Es un inglés. Es un hombre corrupto. Es más peligroso que una víbora.

— Pero, como todos los ingleses, quiere nuestra independencia para poder negociar con nosotros sin injerencias de los otros imperios

— Pero no quiere el "desorden" que representan los artigueños y los charrúas. Preferirá siempre a los pulcros porteños que aceptan el sucio dinero de sus bancos, pero que se bañan con jabones franceses.

— Tal vez tengas razón, pero hay algo que no te he dicho todavía — hace una pausa para fumar mientras Miguel lo contempla con expectativa.

— El señor González Amores ha pedido, confidencialmente, que le dieran noticias sobre tu paradero y tus andanzas...

Los ojos de Hines se abren con asombro y alegría.

— ¿En serio? Deme ese cuerno y cuente, che General. No se haga el interesante y dígame ese chisme aunque usted no sea una vieja chismosa...

Antes de que Artigas responda Hines se da cuenta de que la lluvia ha cesado. Se escucha el ruido de algunas gotas que se desprenden de la parte exterior del quinchado.

Artigas y Hines se sientan a la mesa y beben ginebra en vasos de vidrio sin hablar hasta que Artigas rompe el silencio.

— Ya no llueve, inglés.

— Escampó, che General

— ¿Por qué repites lo que acabo de decirte, inglés? ¿Para mostrar que sabéis castellano, mientras que yo no sé inglés? Life is very short for war and after cry, my friend. If you can´t understand what I said, I can´t understand why your name is

Hines if you don´t like then said your highness.

— ¿Entiendes?

Hines se ríe.

— Creo que hemos tomado mucha ginebra, General

Artigas se contagia y contesta riendo.

— Estás en lo cierto, Miguel, pero estoy muy emocionado por saber que vas a dejar a los porteños para venirte a vivir a esta Banda...

— ¿Cree usted que será tan importante mi radicación en esta región, che General? A mí me gusta esta tierra, y tamb¡én me gusta...

— María González, supongo... — se ríe y le guiña — Le vas a pedir que se case contigo...

— Pues, me gusta María González, linda muchacha a quien debo la vida...

— La estancia de Brown necesita un administrador. Se ha reído mucho cuando le reprochaba que quería sentirse como un rey y para eso tener de empleado a un príncipe... El irlandés es un pirata... inglés – se ríe a carcajadas.

— Un príncipe cacique charrúa, un príncipe jaguar, un cacique león inglés… — se ríe también el muchacho.

— Me voy a dormir la mona, che General. Mañana tengo un largo camino hasta Colonia, y después volver a Buenos Aires para arreglar todos mis asuntos…

Sonriente, se levanta y con paso vacilante se dirige a un camastro que hay en un rincón del rancho.

— Cuando tenga todo preparado, tal vez la muchacha me manda a tocar *La Marsellesa*…

Se acuesta riendo entre dientes y murmurando. Artigas lo mira, enciende su cigarro con un palo que tiene algo de brasa, y se levanta. En la puerta del rancho lo intercepta uno de los soldados.

— Estos ingleses… Han inventado la ginebra y después la ginebra los mata.

El General Artigas sonríe.

No muchos días después, la ceremonia de la boda de Michael Hines con María González Amores se celebra en la iglesia de Colonia del Sacramento, pero Artigas no puede asistir.

Pasados todos los festejos, los recién casados descienden de un carruaje ante la fachada de la estancia "El Quintón" de Brown. Patrick Murray, un irlandés conocido de la infancia por Hines, es quien conduce el vehículo.

— ¡Wellcome! ¡Bienvenidos a "El Quintón"!

— ¡Gracias, Patricio! Es una casa muy bonita.

— La hemos destinado para uso exclusivo de ustedes. Sólo tendrán que compartirla cuando venga el Almirante. Nosotros iremos a vivir en aquella otra, que también es muy confortable, sólo que es más pequeña. Ahora que estás tú para los números, Jacob sólo vendrá para controlar de vez en cuando y se quedará conmigo. Gordon me aseguró que tendrán una casa sólo para ustedes para cuando tengan que ir a Colonia.

— Son muy amables, Patricio. Prepararé mis mejores pasteles para demostrarles modestamente nuestro agradecimiento.

— Muchas gracias, Patricio. Cuando cobre el dinero de las lanchas comeremos un asado con cuero. – dice Hines y luego, dirigiéndose a María — Vamos a conocer y tomar posesión de nuestro hogar. Tenemos que llenarlo con nuestra alegría de hoy, para que nos consuele cuando vengan los momentos de tristeza. Tendremos que encender un fuego, pero si no hay leña, te abrigaré con este pellejo irlandés...

La abraza tiernamente y la muchacha lo mira a los ojos para responderle.

— Eres tan tierno. ¿Me merezco yo tanta dulzura?

Hines ríe suavemente.

— Es tu castigo. Tú impediste que el negro Benito librara al mundo de esta molesta presencia. Ahora tendrás que soportarme...

— Quiero cometer otro pecado como ese... Quiero que me castiguen así... — se ríe, lo abraza, y juega con su cabello.

Murray se aleja mirándolos con una sonrisa comprensiva. Ellos ingresan a la casa. En la puerta se vuelven y saludan a Murray.

— ¡Muchas gracias, Patricio!

— En un rato estaremos contigo.

Mucho tiempo después, podemos ver, en el comedor y sala de la casa principal de la hacienda "El Quintón" a Michael Hines que golpea con un atizador de hierro los leños encendidos que arden en la estufa y hace saltar chispas. María se aproxima con dos tazas de té humeantes. Hines deja el atizador y toma su taza. Ambos permanecen un momento mirando el fuego, absortos y sonrientes.

Hines arrima un sillón e invita a sentarse a María con un ademán. Luego se sienta en el suelo a sus pies sobre un cuero de oveja.

— Tengo que revelarte un secreto sobre mi pasado...

Mira a María directamente a los ojos, deja la taza y toma las manos de su esposa entre las suyas.

— Cuando te cuente todo entenderás por qué tengo esos sentimientos antimonárquicos tan fuertes. Sólo te pido que no me interrumpas...

Cuando Michael termina su relato sólo quedan rescoldos en la estufa. María acerca un leño como si ello fuera un rito para aclararse la mente. Se ríe y sacude la cabeza en un gesto de negación.

— No puedo creerlo, un hombre que aborrece a los reyes porque es un príncipe... Esto es una de tus bromas inglesas...

— Tengo una prueba de mis dichos. Es una carta del ministro de Relaciones Exteriores en la que mi padre ofrece el reconocimiento y la legitimidad si reniego de mis ideas, de mi religión y acepto volver a Londres. Debo volver para ocuparme de las obligaciones que me impone mi condición. No es sentimentalismo ni preocupación por su hijo, sino por la posible pérdida de Hannover. Mi medio hermana Carlota no puede heredar el título por su condición femenina, mis hermanos varones ilegítimos han sido reconocidos por los esposos de sus madres y soy el único que puede convertirse en rey de Hannover...

— ¿Tienes comunicación con tu padre?

— Ninguna. Pero él tiene espías que le informan de todo lo que hago. Según John Parish, que sabe tanto de los sentimientos del regente que debe ser uno de esos agentes, estaba muy indignado que me haya bautizado católico para casarme contigo... Espero que no le hayan informado de mis buenas relaciones con los tupamaros artigueños porque si lo sabe no parará hasta destruirlos

— ¿Tú estás mezclado con esos bárbaros?

— ¿Bárbaros? No es así, aunque muchos quieran creerlo porque le conviene...

Hace un gesto para detener la intención de hablar de María.

— No, no debemos discutir de política... Pero debes creerme que ellos, esos desarrapados gauchos y esos malolientes indios son de los pocos que pelean por una gran nación en el sur de América que defienda realmente la fraternidad y la igualdad entre todos los hombres, incluyendo a indios y negros esclavos. Es la única manera de poder vivir en libertad, si los otros también son libres... Pero no quiero hablar de política contigo, tengo otro secreto para comentarte, un secreto que no puedo revelarte… que no puede ser dicho…

— ¿Más secretos? ¿Acaso me he casado con… con un príncipe para aprender a andar con tantos misterios? —acaricia el rostro y la cabellera de Michael.

— Es un secreto que no voy a poder contarte porque no se puede poner en palabras. Tal vez un día lo puedas leer en los símbolos de la piel de un jaguar, o lo veas brillar en un rayo de luz que algunos pocos pueden mirar al atardecer. Quizás lo entiendas al oler una flor efímera… pero es algo que se resiste a ser transmitido a través del lenguaje humano.

— ¿Me quieres asustar?

— Todo lo contrario… Si logras entender este secreto, nunca más tendrás temores… Serás señora de todo lo que te ocurra… No temerás a la muerte, que es la madre de todos los miedos…

— Hablas como el Padre Antonio…

— El padre Bernardo me habló de algo parecido. A él se lo estuvieron enseñando en su viaje a Jerusalén y casi deja los hábitos, pero llegó a atisbar desde el umbral y quedo tan maravillado como atemorizado.

— Hablas y hablas, pero no me dices qué es...

— No puedo, ya te he dicho que es... inefable... esa es la palabra... lo que no puede decirse. Pero puedo darte una idea para que, cuando tengas la experiencia, sepas reconocer de qué te estoy hablando ahora...

— Bueno, pero no des más vueltas y dime

— Sí, sí, está bien. Mm, ¿cómo te lo explico? A ver, mm, ya sé... En realidad nosotros, los europeos de ahora, nos hemos separado del mundo... Creemos que el mundo real es lo que nosotros creemos, pero la verdad es que hay mil mundos, innumerables mundos, infinitos mundos... todos ellos unos junto al otro o algo así. Cuando cada uno tiene la posibilidad de escoger, cuando ejerce su libertad, elige, no sólo lo que va a hacer y sus consecuencias para él, elige todo un mundo. Cuando yo opté por ser Michael Hines y descarté ser el príncipe de Gales, elegí a María González y a los hijos que tendré con ella. Favorecí también la lucha de Artigas… y la derrota de Bonaparte, ¿entiendes? Tal vez si hubiera querido ser reconocido por mi padre, hubiera elegido un mundo en el que Napoleón derrotaba a Wellesley, donde María González le gritaría al negro Benito que degollara cuanto antes a esos desgraciados ingleses…

— No entiendo nada, me parece muy raro lo que estás diciendo…

— El padre Benito lo asociaba con la decisión de Jesús… El Señor, como todos nosotros, hubiera podido preferir un mundo donde no tuviera que morir, pero ese mundo hubiera estado más lleno de miserias humanas que éste. Por eso su muerte fue un sacrificio. Si conoces el secreto y puedes elegir, entonces puede pasarte que sepas que tienes a la muerte enfrente de ti. Ahora, sabes que si la eludes las consecuencias las pagan otros, porque en ese mundo ellos mueren por ti. Y no es que los mundos nazcan o desaparezcan porque tú lo quieras, sino que eres tú quien elige el mundo en el que quieres vivir y le confieres realidad…

— Cada palabra me confunde más y cada vez entiendo menos... Pero me pregunto, ¿y Dios? ¿Para qué está? ¿Qué hace Dios en ese lío de mundos?

— Bueno... no tengo todas las respuestas. Apenas si me he dado cuenta de que hay una razón para todo, para la hormiga que pisas y matas, para la semilla que plantas y germina, para el beso que diste y para la caricia que no quisiste dar. Nada es casual, todo depende de ese terrible poder que tiene el uso de la libertad.

Michael se levanta y agrega unos leños finos a los restos del fuego y trata de reavivarlo. Cuando la llama reaparece se levanta y se inclina hacia María y la besa en los labios.

— Eso es lo maravilloso del amor: este beso tiene escondido los niños que van a nacer y las plantas que van a nacer de la tierra que se forme entre nuestros huesos...

Sonríe y vuelve a besarla.

Capitulo XXV

En la oficina de reactivación de expedientes del CFR Rodrigo le señala una hoja a Alex.

— Esta es la parte de la conversación que alarmó a los yanquis. Los presos que estaban en el sótano de la Casona no lo sabían, pero todo lo que hablaban estaba siendo escuchado y grabado y luego se enviaba por onda corta a una agencia gubernamental americana.

— ¿Cuál?—

— Creo que el nombre tiene la sigla idéntica a nuestra oficina. Ce— efe – ere. Vinieron tres tipos. Uno de ellos era uno de los que había participado en el proyecto Manhattan... eran científicos

— ¿Qué querían saber unos científicos nucleares sobre las supersticiones de los indios? No entiendo...

— Yo tampoco, pero ellos decían que había mucha gente enterada del tema y querían hacer una lista. El más joven, creo que se llamaba Shockley y decía que no era posible que los indios supieran más que los blancos porque eran inferiores

— Era algo racista

— Bastante, pero era un bocho en su área. De todos modos, creo que estaba un poco loco. Estaba molesto con un poema o un cuento de Jorge Luis Borges llamado *"El etnólogo"*, y aseveraba que era una gran difamación. Sin embargo, y aquí está el punto, o, si quieres, la punta de la madeja, resulta que el mayor estaba enterado de que el origen de la historia de Borges era la misma de Hines, y el secreto era el que los charrúas le habían revelado al inglés. Enrique Amorim se lo había contado a Borges y éste lo había "arreglado" para que no se supiera de dónde había sacado la historia.

— ¿Qué querían los americanos?

— Pues decían que era imposible que los indios supieran el secreto de los transistores. Eso decían. Que no sé qué, que no sé cuánto, que la incertidumbre, que el intervalo cuántico, qué sé yo. Tenían un acento espantoso, y no pensarás que soy tan viejo como para haber hablado con ellos... No pude preguntarles nada porque lo que sé lo pude ver en películas documentales...

— No sé... A veces creo que me estás tomando el pelo. Me parece que me estás "embalando". Tengo la sensación de que me vas a hacer creer que Stalin inventó el Yo—Yo y que Hitler descubrió el licuado de banana

Rodrigo se ríe a carcajadas.

— El licuado de bananas... El de bananas no, pero el de judíos y bolcheviques sí...

Continúa con las carcajadas

Capítulo XXVI

Una noche Hines está sentado ante el fuego tomando un té en el comedor y sala de la casa principal de la hacienda "El Quintón".

– Tiene un libro al que, de vez en cuando, echa fugaces miradas y luego levanta la mirada como si estuviera meditando lo leído.

Golpean a la puerta muy suavemente. Hines abre y entra sigilosamente el General Artigas, hablando en un susurro.

— Tengo que hablar contigo, Miguel. Debo despedirme.

— ¿Despedirse, General? ¿A dónde se va? ¿No quiere un vasito de ginebra? No habrá de estar tan apurado...

— No es que me vaya... Tú sabes que nos han derrotado, inglés. Sabes que tu padre ha hecho todo lo posible para que portugueses, porteños, brasileños, franceses, españoles y hasta los propios orientales combatan contra los salvajes artigueños... Han difundido el temor de que nuestra victoria resulte en una derrota de la civilización. Dicen que los indios no comen la hostia, sino que se comen la carne de los cristianos...

— Mi General, usted sabe que no es un problema de rumores. Y sabe que mi vinculación a su causa debía ser un secreto...

— Eso es lo que ya te he dicho la última vez, inglés. Soy consciente de que convertirte en un cacique era un paso arriesgado, pero era necesario. En algún momento del futuro, esta derrota será una victoria indescriptible… No importa que yo no la vea, los individuos somos meros portadores de algunas pocas ideas inmortales…

— ¿Vino a filosofar, General?

— No, vine a despedirme. Todavía me quedan algunas batallas que librar y puede que quede abonando estos campos… O puede que el conjuro me permita elegir algo mejor…

Hines busca una botella de ginebra y dos vasos. Entrega uno al General Artigas y luego sirve.

— Tómese una ginebra, General. Esta frío. Hoy está muy oscuro y el sol se puso con lágrimas de sangre…

Artigas y Hines hacen chocar sus vasos y luego beben mirándose fijamente a los ojos. Sonríen tristemente.

Mucho tiempo después, parece repetirse la escena una noche en que

Hines está sentado ante el fuego tomando un té en el comedor y sala de la casa principal de la hacienda "El Quintón", pero no es el General Artigas el que llega de visita. Miguel porta un libro al que, de vez en cuando, echa fugaces miradas y luego levanta la mirada como si estuviera meditando lo leído. Frente al fuego hay un gato que se relame y mira a Hines atentamente de vez en cuando. Entra María con una niña de unos dos años y un bebé en brazos. Todos besan a Hines.

— Saluda a tu papá, Josefa. Hasta luego, mi querido.

— Hasta luego. Leeré un ratito mientras tú haces dormir a la niña. Si estás dormida cuando vaya, me dedicaré a acariciar tu cabello.

María sonríe y se retira con los niños.

Golpean a la puerta muy suavemente. Hines abre y entran sigilosamente dos ingleses uniformados. Hablan los tres susurrando.

— Buenas noches, señores. No me sorprende su visita. Casi creo que los estaba esperando. El almirante me había expresado la preocupación de sus superiores y me había informado de la presencia de su embarcación en nuestras aguas.

— Buenas noches le dé Dios, Alteza. Es mejor que así sea. Era nuestra intención que usted estuviera al tanto de nuestra misión para abreviar los preámbulos de esta entrevista. Nos agradaría mucho que ya hubiera meditado la propuesta. Si es necesario podemos responder a todas sus preguntas y tenemos amplias facultades para resolver a sus eventuales exigencias.

— Tal vez mis exigencias sean tales que no sea posible para vosotros concedérmelas, pero, de todos modos, me gustaría escuchar la propuesta tal como tenéis órdenes de presentármela y de quien procede la misma. Por favor, tomen asiento. Aquí, en torno al fuego, es donde se deciden los grandes acontecimientos en esta América. Caballeros…

— Mi nombre es Jonathan Frederick Blackstone, almirante, y él es mi secretario y ayudante Capitán Édouard Louis Harriman. Viajamos en la fragata "Lady Macbeth II".

— Ustedes ya conocen mi nombre, supongo...

— Por supuesto, su Alteza, Jorge Príncipe de Gales.

— Los escucho, caballeros...

— Debe tener en cuenta que esta es la primera acción de gobierno que emprende el ministro George Canning. Ha sido su iniciativa y ha convencido a su padre, el rey, de que será de sumo beneficio para el reino su incorporación a los más altos puestos. El Reino Unido lo necesita, Alteza. Usted es inglés, nacido en Londres, pero ha sido criado en Irlanda como católico. Además, ha sido el único que puede reclamar la corona de Hannover. La unidad del reino en Europa depende de su decisión. Además, su espíritu emprendedor, su audacia y su conocimiento de lo que ocurre en esta región pudieran ser el arma más poderosa con la cual contaríamos en este nuevo mundo. La disyuntiva está entre una Sud América unida y gloriosa donde pueda ondear orgullosa la bandera de nuestra nación, o una América del Sur fragmentada, desunida por las luchas fratricidas que impondrán los mezquinos intereses de los pequeños grupúsculos de advenedizos y corruptos politicastros locales. Usted se ha relacionado con todos los verdaderos estadistas que se han forjado en estas tierras. Sus negocios le han llevado a conquistar el aprecio de hombres como Bolívar, Artigas, San Martín o Rodríguez de Francia y a toda la plana subalterna…

— ¿Es necesario que me informe de lo que yo ya conozco? ¿No sería mejor que me resuma la idea de Canning en pocas palabras?

— Tiene razón. Disculpe, Alteza. Sólo quería hacerle saber que estamos al tanto de su valía, Highness. No se trata de un mero reconocimiento a la sangre de sus ancestros, sino a su capacidad y a sus habilidades políticas. En pocas palabras, señor, queremos que vuelva a su patria a ocupar el lugar que le corresponde. Tenemos esperanza de que la corona tenga un sucesor del cual pueda enorgullecerse hasta el más encumbrado de los británicos, generando responsabilidad hasta en el súbdito más humilde… No tendrá usted que ocuparse de nada, Alteza, todos los documentos han sido firmados por su padre, su Alteza Real, y aprobados a carpeta cerrada por las dos cámaras del Parlamento. Torys y Whigs se han puesto de acuerdo en este tema y hay unanimidad en relación con su persona. ¿Qué me contesta, Alteza?

— Si mi voluntad fuera transformar la monarquía actual y quisiera instaurar una república como las que están naciendo acá en América, ¿sería eso viable?

— No lo creo, señor. Eso iría en contra de nuestras mejores tradiciones... Pero...

— ¿No le parece a usted que Lord Canning me está chantajeando moralmente al hacerme responsable de la división que piensa imponer en estas tierras? ¿No sería posible una gran Sud América republicana sin la injerencia de los intereses británicos?

— Tal vez sería posible, Alteza, pero no sería conveniente para los intereses de nuestro... reino...

— Imperio... Dígalo sin temor, almirante, somos el mayor imperio del mundo...

— Así es, señor. Pero no debemos confiarnos en nuestra actual grandeza. Una Sud América como usted describe sería una amenaza más fuerte para nosotros que nuestras perdidas colonias de América del Norte, debemos tener eso en cuanta, Alteza

— Entonces, dado que las concesiones que me hubieran podido llevar a pensar seriamente en vuestra proposición, no son negociables, debo confirmarle que mi respuesta es negativa, almirante...

— No se apresure, Alteza... Nuestra oferta aún tiene algunas alternativas. Por ahora, queremos dejarle un presente de parte de su Alteza Real, Jorge Cuarto de Inglaterra e Irlanda, rey de Hannover, y de Lord Canning, ministro de Relaciones Exteriores, Capitán, si usted me hace el favor, ya me entiende, ¿verdad?...

— Por supuesto, almirante... Enseguida vuelvo. Con su permiso, señor, Highness...

El capitán se retira. Hines se desentiende de la presencia del almirante y comienza a reavivar el fuego incorporándole algunos leños. El capitán regresa seguido por dos soldados que transportan un pesado cofre, lo depositan ante Michael Hines y lo abren dejando ver monedas de oro y joyas.

— ¿Qué significa esto, almirante?

— Sólo son cinco mil libras, Alteza. Son un regalo que usted puede aceptar sin compromiso alguno. Si usted acepta, puede considerarlas parte de las sesenta mil libras anuales que Su Alteza Real le asignaría para el próximo año. Es para que usted entienda en su real dimensión el valor y la estima con la que nuestro gobierno le toma en cuenta, Jorge Michael...

Hines sonríe. Luego hace un gesto negativo con la cabeza.

— Le ruego que no se ofenda, almirante, pero no aceptaré este... obsequio... No me sentiría a gusto gastando ese dinero, de cuyo origen no quiero ni pensar para no sentirme repugnado... Si algo aprendí del General Artigas, es una frase que le gustaba repetir a menudo:... no venderé el rico patrimonio de mis ideales al bajo precio de las necesidades materiales...

Capítulo XXVII

Imaginemos una casa con un jardín al frente en el cual se ve un árbol y algunas plantas que presentan el aspecto propio de un paisaje de otoño. Un niño de unos doce años vestido con uniforme de estudiante secundario ingresa al jardín y luego abre la puerta de la casa.

Micaela, la hija de Tomás esta sentada leyendo el cuaderno de su padre que tiene el título sobre "El rey de Inglaterra". Entra Antonio y deja su mochila sobre un sofá. Saluda a su madre con un beso.

— ¿Cómo está el abuelo, ma?

— Igual... Sigue muy sedado porque los dolores se volverían insoportables...

— ¿Qué estás leyendo?

— Tu abuelo me pidió que leyera sus cuadernos y me dijo que iba a tener que escribir yo el final... Nunca me imaginé esta historia tan fascinante... Tu abuelo siempre ha sabido sorprenderme... Nunca podré llegar a hacerme una idea de quién es... Cuando creo que lo estoy entendiendo, siempre tiene una nueva faceta que me desconcierta...

— ¿Te conté que el abuelo piensa que el quiosquero de la esquina es un espía de la CIA? El pobre tipo me mandó saludos para él hoy, y deseos de que se restablezca pronto...

— Si tu abuela desconfía, es por algo. El no acusa porque sí...

— Se enojó porque este hombre me recomendó que leyera un cuento de Borges. Me dijo que el tipo sabía de qué estaba hablando. Que tenía información clasificada y que sé yo que más... Me dijo que le preguntara si había leído el cuento "El jardín de los senderos que se bifurcan". Cuando le pregunté el tipo se quedó blanco del susto... No sé, pero me rompen las bolas todos esos misterios...

— ¿Piensas que el abuelo te ha mentido?

— No, pero me parece grotesco que el abuelo crea que le pagan un sueldo a un tipo para vigilarlo... Es menos peligroso que un conejo, el abuelo, y ahora menos que un mosquito... postrado en la cama...

— Si sigues achicando los bichos, resultará que el abuelo es menos temible que una bacteria o que un virus... Y aunque estos animalitos sean terroríficos, creo que Tomás puede asustar mucho más a alguna gente... ¿Por qué estás como enojado con el pobre viejo, que está tan mal? Si te viera, se sentiría muy triste...

— Es que me prometió que lo íbamos a poder lograr... Me hizo creer que lo podía hacer... que era oni... ovni... onnipotente... ¿cómo se dice?

— Omnipotente...

— Eso... Me engañó y yo lo creí om—ni —po—ten—te... No tenía que haberse enfermado.

Antonio habla sin mirar a su madre, como absorto en sus cavilaciones.

— Antes tenía que descubrir el secreto del inglés... Y sólo a mí me lo iba a revelar...

— Pero, si no se olvidó de vos. Una de las últimas veces que pudo hablarme me pidió que leyera estos cuadernos y que escribiera lo que faltara. Es lo que estoy haciendo. No sé qué es lo que tengo que escribir, pero me dijo que tú me ayudarías. Que si yo lograba armar el final, tú te darías cuenta y sabrías descubrir el famoso secreto...

— ¿Eso te dijo? ¡Pobre abuelo! Él pensando en mí y yo enojado como un nene de pecho... ¿Vamos a leer eso?

Capítulo XXVIII

Alex entra a la oficina donde Rodrigo está tecleando en la computadora.

— Encontré lo que querías, viejo. Está en película de ocho milímetros, pero está en buen estado. ¿Habrá algún aparato con el cual proyectar esta joya?

— Tiene que haber. Si llamas a Pablo Escobedo, él te lo convierte a DVD, dale.

— Tienes razón... Voy enseguida... Ahora que el viejo Tomás está tan grave esta película es la única posibilidad que nos queda de resolver el misterio...

Alex sale con el rollo de película,

Cuando regresa, coloca un DVD en el aparato correspondiente y ambos se apoltronan en sus sillones para mirar un audiovisual que se proyecta por medio de un proyector digital a una pantalla.

Aparecen imágenes en blanco y negro del sótano de la casona.

Se abre la puerta y entran dos soldados con ametralladoras, seguidos por un mayor y un hombre de civil.—

Estos son los prisioneros, mister Shockley... El de la izquierda y señalando a Alberto.

— Es el que introdujo la información, pero ahora los dos lo saben todo sobre su asunto...

— Llévenlos a su oficina, mayor. Allí los interrogaré...

Después de que el mayor Cabrera da la orden de que lleven los prisioneros a su oficina, los hombres permanecen unos minutos en silencio. El científico no disimula la incomodidad que le produce estar con el militar.

Cuando va a la oficina Tomás está sentado en una silla de ruedas. A su lado, en una silla común está Alberto. Ante ellos en el escritorio se sienta Shockley que directamente los interroga sobre *el secreto del inglés*.

— Es muy sencillo, señor. Todo eso está explicado en una carta que el inglés Hines le envió a Charles Darwin. En esa nota, que yo encontré en el archivo del Correo de Buenos Aires, Hines trata de demostrarle al naturalista que su hipótesis está equivocada y que la cosmología indígena es la correcta... Hines señala que la libertad niega el azar... y que la idea de Darwin es como una lotería...

— No me interesa ese aspecto... Después tendrá que explicar cómo hurtó un documento histórico de una dependencia pública... — dirige la mirada hacia el mayor que está contemplando el interrogatorio desde un rincón.

— Quiero que me explique la idea de que hay infinitos mundos...

— ¡Ah! ¡Eso! Esa es una vieja idea de los filósofos... Recuerdo a Giordano Bruno y a Leibniz...

— No me desvíe el diálogo del punto, señor, Quiero que me explique cómo hacían los charrúas para elegir entre diferentes eventos... cómo eludían la indeterminación...

— No le entiendo, profesor

— ¡Claro que me entiende! No trate de fingir. Tengo todos los diálogos que mantuvo con Tomás en la celda grabados palabra por palabra... Usted ha logrado asimilar esa tecnología...

— Mire, no sé que habrá escuchado usted, ni qué habrá entendido... Lo que puedo decirle es que, ya que quiere tecnología, tome un cable, conéctelo a la corriente e interrúmpala con una piedra. Si la corriente sigue pasando, usted se dará cuenta de que ha elegido el mundo correcto…

— No me tome el pelo, joven. No está en situación muy cómoda para hacerlo… — se vuelve hacia el mayor y se pone de pie.

— El prisionero no colabora, mayor. Creo que tendrá que hacer algo al respecto.

— Tenemos que ir a uno de los lugares sagrados de los indios… En esos puntos existen las alteraciones del campo magnético necesarias para poder realizar el ceremonial… Conozco uno de esos sitios… Hay una estancia en el este de Colonia que tiene marcado el lugar exacto por medio de unos corralitos de piedra…

— ¿Es creíble lo que el prisionero afirma, mayor?

— Puede ser… Por lo menos tengo noticias respecto a los corralitos en la estancia que menciona…

— Tendremos que llevar a los prisioneros hasta ese lugar, mayor

— Me han encomendado que esté enteramente a sus órdenes, señor…

Dispondremos lo necesario para lograr el objetivo, señor.

— Gracias, mayor...

* * *

En una mañana muy tranquila de 1976, una camioneta tipo furgoneta de color negro sale de la residencia conocida como La Casona. Un soldado conduce y a su lado viaja el mayor Cabrera. El coche arranca y se aleja del lugar por las calles del Barrio Boedo, en Buenos Aires.

En el interior del furgón de la camioneta viajan los prisioneros y sus custodias. En una camilla viaja Tomás esposado por una mano a una varilla de hierro soldada al techo, Alberto está sentado, esposado, en un asiento próximo a la cabina del conductor. Sentado en el extremo opuesto va un soldado que tiene una ametralladora.

— Me concentraré y elegiré un mundo en el que este soldadito va a liberarnos. Lo hará sin que se lo pidamos, ya vas a ver. Si pudiera concentrarme, enseguida lo verías...

— ¡Cállate, Alberto! El yanqui nos va a matar cuando se dé cuenta de que le has tomado el pelo… Ahora no te pongas a jugar con uno de estos idiotas con metralleta porque nos puede costar caro…

— Estoy eligiendo un mundo, Tomás… No me interrumpas… Tal vez me equivoco y el pobre milico me sale sin cabeza… o sin pito…

— ¡Alberto! No sigas haciendo cosas raras. Creo que al pibe se le está borrando la mitad de la nariz…

— No digas bobadas, Tomás. Me estás distrayendo y puedo llegar a equivocarme. Sabes las consecuencias que eso puede tener…

— Se le está borrando una ceja…

El soldado se levanta a medias (no puede ponerse totalmente de pie porque su cabeza chocaría con el techo de la camioneta). Se acerca a Tomás y lo toca con el cañón del arma. En ese momento la mano que Tomás tenía recubierta de yeso se mueve velozmente de abajo hacia arriba golpeándole el mentón, haciendo que su cabeza choque contra el techo de la furgoneta. El soldado pone los ojos en blanco y cae. Tomás mueve la otra mano, que había logrado zafar de las esposas, y toma la ametralladora antes de que esta caiga. Se la arroja a Alberto, quien logra atraparla. Alberto, a pesar de las esposas, rompe el vidrio que separa el furgón de la cabina con una pequeña ráfaga. Amenaza con la ametralladora a los dos ocupantes.

— ¡Detenga el vehículo! ¡Rápido! ¡No intente ninguna estupidez o su superior y usted se mueren!

Capítulo XXIX

Micaela está leyendo del cuaderno de Tomás y Antonio la está escuchando atentamente.

— El soldado que conducía detuvo la camioneta. Y el mayor, cuando trató de bajarse, se encontró con la sorpresa de que Alberto lo había hecho antes que él y lo encañonaba con la ametralladora. Y que Tomás, aunque se apoyaba en una muleta, ya estaba en el suelo y amenazaba al chofer en el cuello, con la bayoneta del soldado inconsciente.

— ¿El abuelo habla de Tomás como si fuera otra persona?

— Es su manera de narrar, usando la tercera persona. Lo peor es que la historia de la fuga está trunca. Y con un espacio en blanco. Termina diciendo:

Tomás se pudo escapar gracias al sacrificio de Alberto. Y nada más.

— Entonces, lo del secreto del inglés era mentira… ¿Fue una historia inventada para escaparse?

— Eso parece. Lo insólito es que hayan venido científicos norteamericanos para tratar de interrogarlos. Lo que pasa es que tu abuelo no podía sacarse de la cabeza sus hábitos de conspirador. No explicaba todo, siempre había que adivinar alguna parte, tal vez lo más importante…

— ¿Podía?... Todavía no se murió, mamá...

— No, tienes razón... Pero es que verlo así, tirado en la cama... sin hablar... Es como si él ya no estuviera...

— Pero está, mamá. Me gustaría que se despierte un ratito para hablar con él de nuevo. ¡Qué genio, el abuelo! ¡Qué mentira!

Mientras tanto en la oficina de reactivación de expedientes del CFR Alex sirve café para Rodrigo y para él y se sienta. Toma una carpeta que estaba sobre su escritorio y la arroja violentamente a la papelera.

— Entonces todo fue una mentira. Un astuto ardid para tener una oportunidad de escaparse. No hay infinitos mundos paralelos, ni la posibilidad de elegirlos... Es todo un fraude...

— No es tan así. La nueva física acepta una teoría muy parecida. Estamos en un mundo de once dimensiones y tal vez podamos movernos a través de ellas. Según...

— ¡No! No sigas con esas idioteces. Estás leyendo demasiada basura…

Sin saber que los investigadores han colocado una microcámara oculta y la pueden ver, Micaela le tiende el cuaderno a su hijo. Antonio lo toma con gesto interrogativo.

— Me gustaría que leyeras las últimas páginas que escribió sobre el inglés…

— ¿Eso es cierto? ¿Existió el inglés? ¿Era hijo del rey de Inglaterra realmente?

— Es una historia que se cuenta en Colonia como verídica. Incluso hay una novela de un tal Horacio Bustamante que dice ser descendiente de Hines. La historia que cuenta es muy diferente de la de tu abuelo, pero Tomás decía que Bustamante era un monárquico nostálgico que había tergiversado la historia para destacar que él tenía sangre de reyes en sus venas…

— Entonces, ¿cómo puedo saber si lo que voy a leer es verdadero? No hay seguridad de que el abuelo haya dicho la verdad en un asunto, si todo lo demás era mentira…

— Es que así son las cosas, Antonio. Tal vez el abuelo no mintió en nada o tal vez en nada dijo la verdad... Lo que me parece terrible es que tuviera esa necesidad de saber por qué estaba vivo

Y es asombroso que haya una carta de Hines donde éste le relata a un amigo francés que siente que su vida está siendo contada por alguien. En sus sueños el inglés veía una mano con un anillo como el del abuelo. Y le preocupaba porque, a veces, soñaba que leía cosas que todavía no habían ocurrido.

— ¿Cómo sabes?...

— Sí... ¿cómo sé que no es otra patraña de Tomás? Pues, porque una vez me dejó leer esa carta, antes de quemarla...

— ¿La quemó?... ¿Por qué hizo eso?

— Porque la carta describía que la persona que tenía el anillo en su mano izquierda y escribía la historia de Hines moría en medio de terribles dolores... Como los que le provoca ahora la enfermedad a tu abuelo...

— No puedo creer que el abuelo fuera supersticioso…

— No la quemó por temor. Me dijo que era para que no quedaran evidencias. Que los escépticos siguieran siendo incrédulos y que los que creyeran no necesitarían pruebas.

— Me vas a tener que perdonar, mamá… No quiero ofenderte, pero… — no puede contener la risa — Me parece que el abuelo te hizo una de sus famosas bromas… Creo que te tomó el pelo de lo lindo…

— ¿Te parece?

— Estoy casi seguro. Voy a leer estas páginas porque, así como era un cuentero bárbaro para hablar, se ponía duro cuando escribía y lo hacía en difícil…

— … Así como era de fabulador y mentiroso cuando hablaba, era de riguroso y estricto cuando escribía

Antonio se sienta a leer el cuaderno.

En sus páginas de describe una escena que transcurre en la biblioteca del palacio de Windsor. El rey Jorge IV está sentado detrás de un enorme escritorio. Entra un lacayo seguido de Jorge Canning.

— El ministro lord Jorge Canning, Su Alteza Real.

— Adelante, estimado Jorge. Toma siento – y luego dirigiéndose al lacayo, sin mirarlo.

— Trae lo de siempre...

El lacayo se retira y Jorge IV se dirige a Canning.

— Creo que he hallado una solución para nuestra política en el Río de la Plata, ministro

— ¿Sí? No se podía esperar nada menos de Su Alteza

— Le pediría que no empleara el protocolo, Canning. El título me recuerda permanentemente al apellido que mi hijo ha adoptado para mofarse de mí y de la corona...

— Entiendo, señor. Lo tendré en cuenta. Me puede adelantar algo de su proyecto, su... señor.

Entra el lacayo, sirve los vasos de *brandy* y luego se retira.

— El bastardo pretende que nazca una gran república que unifique a la Sud América, ¿verdad?

— Sí, señor

— Esa pretensión choca con nuestros intereses políticos y económicos, ¿verdad?

— Así es.

— Entonces, tenemos que seguir con nuestra política de apoyar la independencia de las colonias, siempre y cuando ello signifique que se formen estados débiles que dependan financiera y comercialmente de nosotros. ¿Estoy en lo correcto?

— En todo, señor.

— Creo que he encontrado al hombre indicado para que el territorio donde el malnacido bastardo se ha instalado se convierta en una minúscula republiqueta con gobiernos venales y fácilmente manipulables...

Canning queda mirándolo con gesto interrogativo.

— Debemos enviar a Lord Ponsomby, ministro Canning

— ¿Lord Ponsomby, señor? Discúlpeme por disentir, señor, pero Lord Ponsomby siente tal animadversión hacia usted, que es capaz de llevar al fracaso cualquier misión que usted quiera asignarle

— También eso he previsto, estimado George. Creo que debemos enviar a Ponsomby y no darle instrucciones precisas. Debemos comunicarle por diversas vías varios informes contradictorios entre sí respecto a mis intenciones, pero de un modo tal que él pueda deducir que fomentar la independencia de dicha minúscula república me produciría un enorme disgusto... ¿Qué le parece?

Canning ha fruncido el ceño pero igual responde.

— Pues... Es una brillante idea, señor. Tal vez lo debamos intentar...

— Pues, entonces brindemos por la futura República del Río de la Plata... o como quiera que se vaya a llamar.

Jorge IV hace chocar su vaso con el ministro Canning.

En las siguientes páginas Antonio se encuentra con el relato de una escena que ocurre de noche en el comedor y sala de la casa principal de la hacienda "El Quintón".

Hines está sentado ante el fuego tomando un té. Tiene un libro al que, de vez en cuando, echa fugaces miradas y luego levanta la mirada como si estuviera meditando lo leído. Frente al fuego hay dos gatos, uno viejo y gordo que duerme y otro más joven que se relame y mira a Hines atentamente de vez en cuando.

Entra María con Miguel José ciego de 16 años y María Sofía de 6 años. Todos besan a Hines.

— Hasta luego, mi querido.

— Hasta luego.

María sonríe y se retira con los niños.

Golpean a la puerta muy suavemente. Hines abre y entran sigilosamente dos ingleses uniformados. Hablan los tres susurrando.

— Es una verdadera sorpresa, caballeros. Pasen y tomen asiento. George O᾽Connors, a vuestra disposición.

El capitán Trenan vacila ante la presentación de Hines como O'Connors.

— Buenas noches, Your Highness. En verdad, teníamos informe de que su nombre era Miguel Alteza.

— No se preocupe por los nombres. Soy el que buscan. Desde que estuve aconsejando al Sr Darwin que no recibía este tipo de visitas. ¿Qué le ocurre a mi desgraciado tío Guillermo?

— El rey ha muerto, Alteza. Ese es el real motivo de nuestra visita.

Hines queda un momento paralizado. La noticia de la muerte de su padre lo ha golpeado.

— Espero que no insistirán en esas absurdas propuestas, ¿verdad? – responde cuando puede lograr que su voz sea emitida sin afectaciones.

— No traemos propuestas, señor. Traemos estos documentos — señala un maletín que transporta su acompañante.

— Para que usted se haga cargo de ellos. En los mismos está la prueba de su derecho de asunción de la corona, Alteza, y sólo usted puede hacer ese reclamo.

— Muchas gracias, señores. Es muy gentil de vuestra parte.

— Además, Highness, tenemos que advertirle sobre los peligros que se ciernen sobre su persona. Existen informes en el FOREIGN OFFICE que señalan claramente que hay en este país algunos grupos de personas que quisieran eliminarlo, Alteza.

— ¿Grupos de este país?

— Así es, señor. Esas gentes temen que usted influya en el Reino para que este asuma una postura más comprometida en los conflictos internos del país. Pero además, hay varios y determinados intereses europeos que quisieran verlo muerto: los herederos de la casa de Hannover, los grupos políticos que aspiran manipular a Victoria, aprovechándose de su juventud, y muchos otros, Alteza. Sería necesario que usted, como única posible protección contra tantos conspiradores, asumiera su corona como único legítimo heredero y se pusiera bajo la protección de las fuerzas armadas del Reino Unido…

— La única posible respuesta ya es sabida por usted, capitán. Le ruego que me disculpe, pues me tengo que retirar a descansar... y le agradezco su deferencia, su preocupación y esta documentación con la cual ya decidiré qué hacer...

Hace un gesto indicando hacia la puerta. Su expresión no es amistosa, sin llegar a ser plenamente agresiva. Los ingleses comienzan a retirarse en silencio

Antonio suspende la lectura, pero no puede resistir la tentación de pasar las hojas. Se detiene unas pocas páginas más adelante cuando unas palabras llaman su atención.

En el cuaderno se describe una escena que transcurre en la oficina del gobierno del Cerrito, donde se había instalado el mando del ejército sitiador de la ciudad de Montevideo en 1843.

En un escritorio se encuentra el Brigadier General Manuel Oribe. Frente a él se haya el embajador del Reino Unido

— Señor embajador, el motivo de esta entrevista consiste en anunciarle que todos los ciudadanos de los países aliados del llamado gobierno de la Defensa, usurpador del legítimo gobierno que represento, serán detenidos como medida de seguridad para ellos y para nuestras fuerzas. Concomitantemente le estoy transmitiendo la necesidad de que vuestro gobierno cese cualquier tipo de injerencia en los asuntos que sólo incumben a los ciudadanos de nuestro estado libre y soberano…

— Muy bien, señor Oribe. Quisiera que no cometiera ese acto de barbarie de detener en forma injusta a civiles que no tienen ninguna relación con la contienda que se desarrolla en vuestro suelo. Además, me gustaría recordarle que su república, además de estar dividida por dos bandos fratricidas, es demasiado pequeña e insignificante para imponerle cualquier tipo de acciones a nuestro Glorioso Reino. ¿Está queriendo enfrentarse al Imperio Británico son sólo sus fuerzas, señor?

— Quisiera recordarle, señor embajador, un pequeño detalle que usted, en su vanidad, omite mencionar. Esta insignificante república que usted desprecia ha infringido a vuestro "glorioso imperio" una de las más humillantes derrotas. Hemos sido elegidos por vuestro auténtico monarca para vivir, y ha despreciado ser el más poderoso hombre de todos los continentes para ser sólo un humilde campesino de nuestras "insignificantes" tierras. Me gustaría que recuerde eso, señor, y que se lo transmita a su orgullosa reina. Nada más, puede usted retirarse

El General se dedica a tomar papeles de su escritorio en tanto el embajador inglés se retira visiblemente molesto.

Capítulo XXX

Alex queda totalmente sorprendido cuando se da cuenta de que Rodrigo está llorando en silencio ante la pantalla de su computadora. No se atreve a formular ninguna pregunta, sólo atina a preparar café y acercarle una taza a su compañero. Cuando lo hace aprovecha para espiar el contenido de la pantalla por encima de su hombro y se sorprende al ver la página de uno de los diarios de mayor tirada en lo local.

Como Rodrigo no protesta se detiene unos instantes y advierte que la probable causa del llanto de su colega tal vez sea un obituario sobre el fallecimiento de Tomás Quino.

— ¿El cáncer liquidó nomás al negro Tom? – pregunta.

Rodrigo, que deja que un par de lágrimas le tracen surcos en el rostro, sonríe extrañamente al responder.

— No lo mató el cáncer, Alex. Eso no es cierto.

— Ah! ¿No, eh? – Alex no disimula su asombro, pues acaba de leer en la web del diario precisamente que fue esa la causa de la muerte.

— Yo lo maté – enuncia Rodrigo sin que su afirmación tenga ninguna entonación dramática – Le suministré un cóctel, de los que se usan para aliviar el sufrimiento de los que están en las últimas. Era la gran preocupación de su vida, quería saber en qué se había equivocado políticamente, para que lo dejaran con vida. Temía haber traicionado su causa.

— ¿Y vos le hiciste el favor? ¿Te sentís culpable por haberlo ayudado?

— No. Eso sería muy romántico. Pero no es cierto. Lo maté porque estaba muy cerca de descubrir algunas verdades e iba a revelar algunos secretos que, por algún motivo, algunos grupos quieren que permanezcan guardados. Nosotros somos custodios de esos secretos, nos pagan para que nadie los sepa.

— Entonces, el viejo tenía razón. Deberían haberlo matado hace mucho tiempo. ¿Por qué no lo habían hecho?

— Porque en los archivos constaba su desaparición física. Hay un informe firmado por un tal mayor Cabrera, en el que se alude a la extinción del "interrogado". El primer misterio es que nunca existió el mentado mayor.

Alex no se atreve a interrumpir, pero alienta con la cabeza a Rodrigo para que prosiga su relato.

— El segundo enigma tiene que ver con la segunda muerte de Tomás. Después de la dictadura, en el primer gobierno civil, aparece un individuo que se suicida y que es identificado por un familiar como Tomás Blanco, irónicamente, el verdadero nombre del "Negro". Investigando en los diarios de la época creo saber qué fue lo que ocurrió: algunos compañeros suponen que Tom es uno de los "condenados", aquellos a los cuales el régimen había sentenciado a muerte y que iba a eliminar de todos modos. Sin saber que Tomás había quedado registrado como "desparecido" en los archivos secretos, planean desaparecerlo: roban algunos cadáveres de la Facultad de Medicina y montan una farsa. Tomás le confiesa sus intenciones suicidas a algunos amigos y luego aparece un cadáver con características físicas muy similares. El punto más controvertido es que el cuerpo aparece atado y ahogado en una laguna, con lo que los servicios piensan que tal vez fue un "trabajo" de alguno de sus agentes clandestinos.

Rodrigo hace una pausa para recuperar el aliento. Alex lo escucha totalmente absorto.

— Tomás se cambia el apellido e inicia una nueva vida en Montevideo, lejos del pueblo en el que había nacido. Elige el nombre de un autor de tiras cómicas, pero nadie se da cuenta de la ironía. Se convierte en Tomás Quino, pero su hija no se cambia el apellido.

— Finalmente, en un momento de mi vigilancia, me entero de que, por fin, ha descubierto lo que quería saber. Cumplo con mi deber, pero no puedo incautar los cuadernos donde anotaba sus memorias y sus investigaciones.

— O sea, que esos secretos que tanto temor y escándalo causan están perdidos por ahí para que cualquiera pueda publicarlos. ¿Eso te acongoja?

— Eso, y el anillo...

— ¿Qué anillo?

— Buscando en archivos de la época para poder imaginarme qué era lo tan importante que buscaban, encontré un expediente en el cual se informa de la "desaparición forzada" de un espía irlandés, un subversivo muy peligroso, cabecilla del IRA. Lo significativo es que hay una fotografía de la mano del muerto en la que aparece el anillo con el sello de la Corona. No se informa del destino del mismo, pero lo más probable es que algún general se lo ha regalado a su esposa.

— No entiendo nada. ¿Cómo sabés que estos acontecimientos están vinculados? Yo no veo la relación.

— Eso es lo malo. Sé que hay una relación y no puedo darme cuenta de cuál es. Y maté al hombre que podía explicarlo. ¿No es para llorar?

Alex hace una mueca. Es su manera de responder que no.

Capítulo XXXI

Encontramos a Antonio en una sala funeraria, donde en un lugar visible se advierte el nombre de Tomás. Hay un grupo de "dolientes" y el clima habitual de este tipo de acontecimientos sociales. Antonio se refugia en la cocina. Micaela está sentada a la mesa y tiene delante de ella un café.

Antonio se acerca y le tiende un sobre. Micaela lo toma y lo abre mecánicamente. Luego lee.

— Al final, tu abuelo no era tan mentiroso, mira…

Le alcanza los papeles a Antonio. Este los lee en voz alta.

— Libro 2, folio 270 Entierros en Colonia del Sacramento. "En la Colonia del Sacramento el veintiuno de agosto de mil ochocientos cuarenta y tres: se sepultó el cadáver de D .Miguel Hines, inglés casado con Da. Ma. González de esta Feligresía. Murió sin Sacramentos por haber sido asesinado violentamente en la Estancia, juntamente con su capataz y peón, el primero de estos se llamaba Juan San Martín, natural de Buenos Aires y el segundo Martín Gandelas, natural de Honce Obispado de Bayona en Francia, a los cuales se dio sepultura Ecca. Fray Domingo Rama" Ecca, significa sepultura Eclesiástica.

— ¿Y?… ¿Qué puedes decirme?

— Lo voy a guardar en el ataúd, junto al cuerpo del abuelo… Creo que ahora no puede interesarle a nadie más …

Los dos se levantan y salen. Sin atender las miradas suspicaces de los presentes, Micaela y Antonio se aproximan al ataúd y dejan la carta en el mismo. El hecho capta la atención de un hombre de unos setenta años que estaba de pie contemplando el cuerpo, conversando en voz muy baja con Pablo, el médico. Cuando ellos se están alejando él les sale al paso y los interpela.

— ¿Ustedes son familiares de Tomás?

— Sí, somos la hija y el nieto... ¿En qué podemos ayudarle?

— Lamento mucho su pérdida, señora Igualmente acompaño tu sentimiento, hijo... Me llamo Alberto Clavijo y quisiera poder hablar un "momentito" con ustedes...

— ¡Alberto Clavijo! No puede ser... — exclama Antonio.

— Por supuesto, señor. - Micaela no atiende a la exclamación de su hijo, pero cree que sabe el motivo. — En medio de tanta tristeza nos causa una inmensa alegría poder hablar con usted. Venga, pasemos a la cocina, para poder estar más cómodos.

Madre e hijo vuelven a la cocina, acompañados por Alberto. Micaela sirve el café, mientras Antonio busca una gaseosa en la heladera.

— Por los relatos de nuestro querido Tomás, pensábamos que usted había muerto hace treinta años, Alberto. – a Micaela no le importa que Antonio sepa que ha leído los escritos de Tomás.

— ¡Qué raro! Yo pensaba lo mismo de él.

— El abuelo dejó escrito que usted se había sacrificado para que él se escapara.

— Pues, la verdad es que fue exactamente al revés… Él, con la excusa de que tenía muchas dificultades por sus fracturas me obligó a huir, quedándose con un mayor como rehén, sin muchas posibilidades de huida debido a sus incapacidades de poder enfrentarse a un hombre sano y entrenado, a pesar de tener un arma.

— Entonces, ¿cómo logró huir?

— Ese será otro de los misterios que se habrá llevado a la tumba…

Una sonrisa ilumina el rostro de Antonio.

— No lo creo. Él quería que supiéramos... Ahora lo entiendo.

Antonio se levanta y toma su mochila de estudiante que está colgada de una silla. La abre y extrae de ella un libro. Se trata de una edición de "Ficciones" de Jorge Luis Borges. Busca en el interior del libro y de entre sus páginas extrae unas tres o cuatro hojas escritas a máquina.

— ¡Acá está! Por algo me pidió que leyera este libro. Me lo repetía todos los días hasta que le hice caso.

Toma las hojas y lee.

— "Quedamos sólo el mayor y yo, solos. Tenía que ser muy astuto, si quería escaparme. Si lo dejaba aproximar mucho me iba a poder someter en un momento."

Tomás tiene el arma y apunta hacia el mayor, quien está conduciendo la camioneta.

Se lo nota tenso, como si en cualquier momento fuera a atacar. Sus ojos reflejan el color del cielo diáfano como espejos metálicos. La primavera combate la angustia de los hombres con una atmósfera desvaída, como si no tuviera ganas de desatar las fuerzas que el invierno ha anudado. Sobre los edificios de Buenos Aires la luz del sol está como estancada.

El militar parece demasiado joven para ostentar un cargo tan alto, aunque no Tomás no está seguro de que sea realmente mayor. Recién, cuando se da cuenta de este detalle, se siente tentado de reprocharle al soldado por su posible atribución de un cargo superior al que detenta. Sin embargo, decide no hacer comentarios al respecto.

Decide hablarle de la situación política que vivimos en América Latina, porque sospecha que sus palabras tienen mayores efectos que el arma.

— ¿Por qué hemos sido detenidos y tratados de esa manera tan indigna, mayor?

— No estoy autorizado a discutir las decisiones de mis superiores. Y menos con prisioneros subversivos…

— Usted parece un hombre de bien, mayor. Creo que usted es un hombre capaz de jugarse la vida por sus ideales y su patria. – la voz de Tomás no suena todo lo firme que él querría.

— ¿Le parece que sus superiores están actuando para proteger la patria? ¿Se da cuenta de que los han puesto a ustedes al servicio de una potencia extranjera? – el mayor no responde y Tomás lamenta no poder observar su expresión porque se lo impide la luz del sol pegándole en los ojos.

— ¿Ha entendido que la supuesta nación enemiga que nos controla a los supuestos subversivos, es una colaboradora de esa potencia imperialista, mayor? Yanquis y rusos se ríen de nosotros mientras ustedes nos torturan y matan para que ellos justifiquen sus negocios de venta de armas. ¿Está usted ciego, mayor? – Tomás se calla porque advierte que ha alzado la voz, enojado. No sabe con quién o con qué, pero desea golpear a alguien y gritar.

— ¿Usted piensa eso, señor? ¿Le parece que soy uno de tantos seres robotizados que sólo hacen lo que le mandan?

— Si pensara eso no estaría gastando saliva con usted, Lléveme a la embajada, mayor. No sé si tendré que matarlo, pero sepa que me resultaría doloroso tener que destruir la vida de un hombre bueno. No hay muchos que vistan uniforme.

— Tal vez me ocurra lo mismo, señor, y tendré el mismo pesar. – en la voz del mayor no hay ironía. Tomás cree advertir cansancio.

La camioneta sigue hasta que se detiene ante la puerta de la embajada. Los dos hombres permanecen mirándose en silencio. La brisa que se mete por la ventanilla se lleva rápidamente el olor a nafta y aceite quemado e inunda el vehículo con una fragancia que no puede identificar, tal vez de tilos y madreselvas. En algún lugar hay un pajarillo que deja oír sus trinos, buscando algún congénere que alivie sus urgencias.

— Mire hacia la calle, mayor. En dirección opuesta a donde yo estoy

— ¿No quiere ver mis ojos cuando sus balan acaben con mi vida, señor?

— Tal vez…

Sin dejar de apuntarle con la metralleta, Tomás manipula sobre la pistola, como si quisiera desarmarla. Luego la deja en el suelo de la cabina.

— No voy a matarlo, mayor, puede volverse. No voy a matarlo ni a robarle su dignidad. Dejé la pistola en el suelo de la camioneta. Ahora tendré que bajarme y caminaré hacia la embajada. Con mis muletas no voy a poder apuntar y disparar con la ametralladora. Además, voy a tener que darle la espalda. Será su decisión volverse uno de ellos, mayor, o seguir siendo un hombre libre y digno.

— Hasta siempre, señor – para Tomás el saludo del mayor es el título de una canción sobre el Che Guevara.

Con mucho trabajo para poder usar las muletas, se baja y comienza a caminar, lenta y dificultosamente, hacia la embajada. Desde los árboles llega el bullicio galante de los pájaros, indiferentes a lo que hacen los hombres. La emoción que lo conmueve le permite comprender por qué en las cárceles destinadas a los presos políticos están prohibidos, ni siquiera pueden dibujarlos.

Esto nunca lo vi, pero lo imagino: El mayor toma la pistola y apunta a cuidadosamente. Una leve contracción de los músculos de su dedo es la diferencia entre la vida y la muerte. Después de unos segundos, vuelve a bajar el arma.

Tiene que haber sido así: estoy vivo"

Alberto, Antonio y Micaela se miran alternativamente en silencio.

— ¿Ý la historia del príncipe inglés? Hemos encontrado unos papeles, pero no hay pruebas del parentesco. Ni hay registros de la estadía del barco y de su tripulación.

— Todo es cierto. En realidad, la mayor parte de lo que Tomás te contó es auténtico. El secreto del inglés está mencionado en una carta escrita en ese idioma, dirigida a John Parish. No hemos podido decidir definitivamente si la misma fue escrita por Michael, porque no tenemos muchas muestras de su caligrafía. Sin embargo, es la historia de un inglés que cuenta lo que vivió en una "iniciación" con los charrúas. Tal vez Borges tuvo acceso o le contaron la anécdota, porque uno de sus cuentos describe una situación muy parecida.

— ¿Por qué crees que quería dejarnos esta historia como si fuera un valioso tesoro?

Alberto sonríe. Sacude la cabeza, como queriendo negarse a revelar una verdad tremenda.

— En realidad, creo que quería contarla para que alguien le explicara por qué estábamos vivos. Le molestaba ser uno de los sobrevivientes, cuando tantos otros habían muerto. La última vez que hablamos hizo mención de este tema: me contó la entrevista que hicieron a uno de los sobrevivientes al desastre de las torres gemelas.

Micaela no podía ocultar la decepción que le estaban produciendo las palabras de Alberto. Antonio se había cubierto el rostro con las manos.

— Un señor judío, cuyos padres también fueron sobrevivientes del holocausto nazi, fue interrogado por un periodista. Le preguntó si estaba agradecido con dios por haberse ocupado de sus padres y de él. Este hombre respondió que no debía mencionarse a dios, sino al azar. Un dios hubiera sido muy injusto con los otros seis millones de judíos que murieron, y con las más de tres mil personas que murieron en las torres.

— El abuelo escribió esto para que entendiera su manera de pensar – Intervino Antonio, extrayendo un cuaderno de su mochila. – Esperen que les voy a leer:

— El título es "siempre está oscuro cuando el sol se pone", y dice así:

— "El anciano se acercó hasta el sillón donde se encontraba el otro hombre. Llevaba un libro e iba leyéndolo al mismo tiempo que caminaba.

— ¿Qué me vas a leer hoy, estimado y polémico Cratilo? – dijo el otro viejo al oírlo acercarse."

— Está contando algo sobre Borges. Nunca entendí que le gustara un hombre tan de derecha. – Micaela quería interrumpir la lectura porque entendía que estaban perdiendo el tiempo. – No sé si esta lectura va a aportarnos algo.

— El abuelo me decía que en este cuento estaba la clave, pero que, aunque él lo había escrito, no lograba entender lo que había querido decir con esta otra historia.

— Eso ocurre porque escribimos sacando cosas de nuestra parte inconsciente. El "ello" no es una oscura y primitiva horda de instintos sujetados, es una razón superior a la de los individuos.

— ¿Puedo seguir leyendo? – Antonio quería que le explicaran el relato. Le molestaba confesar que aquel hombre era su abuelo, pero escribía cosas que él no comprendía.

— "El anciano sonrió al oír aquellos epítetos, pero no contestó..." Antonio leía y su voz se iba dejando llevar por la emoción. Micaela se sentía alterada, aquella lectura le producía un disgusto difícil de explicar y hubiera querido evitarla.

— Esto me parece muy pertinente, Micaela – Dijo Alberto, para impedir que la mujer interrumpiera definitivamente la lectura. – Deberías prestarle atención y ayudarnos.

Antonio se hizo el sota y prosiguió leyendo:

— "¿Todavía te preocupan esas divagaciones? Yo estoy más interesado en los artículos espurios de tu enciclopedia. Me parece fascinante ese mundo donde los filósofos del absurdo son meros copiadores de la realidad…

Micaela cerró sus oídos, pero no pudo evitar que algunas frases de le filtraran:

"Se produjo un tupido y pegajoso silencio. El anciano se había crispado al hablar y se había inclinado hacia delante en su asiento, con lo cual la luz de la lámpara chocó aceradamente contra sus ojos muertos."

— Me parece que es hora de que dejemos, Bioy. Ya está oscuro. Está muy oscuro." – Antonio terminó el relato y sintió que era otra historia, que la presencia cercana del cadáver de su abuelo la transformaba. Tuvo que llevarse la mano a la cara para secarse las lágrimas.

— Creo que no vamos a poder interpretarlo. Ni él sabía lo que quería decir. Tal vez estaba equivocado al pensar que la historia del inglés influyó de tal modo en el mayor, que por eso le había perdonado la vida. De todos modos, el se había asegurado, preparando a la pistola para que explotara.

— Eso no es cierto. Tomás me entregó, la última vez que estuvimos juntos, el famoso clavo que nunca utilizó. Me dijo que no lo había usado porque no sabía cómo, pero era otra de sus mentiras. Le avergonzaba haber expuesto su vida ante la decisión de un militar represor, pero así lo había decidido. De lo contrario, no tendría sentido que pensara que "el espíritu del inglés" lo había salvado.

— El "abu" decía que lo había salvado a él, y también al mayor. – Antonio se encogió de hombros cuando Alberto se quedó mirándolo, como esperando que ampliaras su comentario.

— Tu abuelo no quería que lo pillaran en falta... Eso puede haber sido una manera de que no encontraran contradicciones en su discurso.

— No sé... Él decía que hay escritores que velan la realidad y otros que la revelan. Por este cuento, incomprensible, creo que era de los primeros.

— Eso no es un buen análisis. No se refería a resultados, sino a intenciones. Por algo Kant decía que sólo puede hablarse de "buena voluntad"… — Alberto se detuvo y evitó que Antonio hablara. Los tres quedaron expectantes. Al fin, Alberto dijo:

— El inglés dejó de lado el imperio más importante de la época para seguir siendo libre. Eso es lo que el mayor debía imitar: un hombre libre no podía asesinar a un inocente por la espalda. No era necesario que pensara en nada, sólo tenía que pensar en él y desear ser un hombre libre… Es algo que nadie te lo puede quitar, pero lo puedes perder si decides ser esclavo. El miedo nos hace esclavos y obedientes: el pecado es no comer la manzana…

Las palabras del relato de Tomás, traído por la voz de Antonio, todavía le resuena: "Después de unos segundos, vuelve a bajar el arma y sonríe con el pudor de quien recuerda un chiste procaz ante un grupo de chiquillos. Sacude la

cabeza como un padre ante la travesura
de un niño."